KB078034

서하령

성운을 먹는 자

성운을 먹는 자 2

김재한 퓨전 판타지 소설

초판 1쇄 찍은 날 § 2015년 6월 22일
초판 1쇄 펴낸 날 § 2015년 6월 29일

지은이 § 김재한
펴낸이 § 서경석

편집책임 § 박은정
디자인 § 신현아

펴낸곳 § 도서출판 청어람
등록번호 § 제387-1999-000006호
등록일자 § 1999. 5. 31
어람번호 § 제1-2158호

주소 § 경기도 부천시 원미구 부일로 483번길 40 서경B/D 3F (우) 420-822
전화 § 032-656-4452 팩스 § 032-656-4453
http://www.chungeoram.com
E-mail § chungeorambook@daum.net

ISBN 979-11-04-90289-5 04810
ISBN 979-11-04-90287-1 (세트)

FUSION FANTASTIC STORY

김재한 퓨전 판타지 소설

성운을 먹는 자

수련의 의식주

2

목차

제7장
별들의 만남

성운을 먹는 자

1

미묘한 분위기가 흐르고 있었다.

형운과 천유하는 아무 말 없이 서로를 바라보았다. 옆에 있던 시종이 당황할 정도로 긴 시간이 그렇게 지나가고 있었다.

'아, 답답해!'

형운은 뭔가 말을 하고 싶은데 정작 할 말이 생각나지 않았다. 그리고 그건 천유하도 마찬가지인지라 실로 어색하기 짝이 없는 표정으로 이쪽을 바라보고 있었다.

사실 그럴 수밖에 없다. 두 사람은 이제야 서로 이름을 소개했을 정도로 접점이 없는 사이인 것이다.

'이럴 줄 알았으면 사부님을 통해서 보는 거였는데.'

천유하가 별의 수호자에 손님으로 방문한 것이라 하니, 공식적인 절차를 거쳤다면 훨씬 자연스러운 분위기에서 만날 수 있었을 것이다.

하지만 천유하의 소식을 듣는 순간, 형운은 앞뒤 가리지 않고 거처를 박차고 나왔다. 그리고 자신을 호위하는 영성 호위대원에게 물어서 곧바로 이곳으로 와버리고 말았다.

"⋯⋯."

그런데 이게 웬걸? 충동적으로 천유하에게 오고 나서 보니 할 이야기가 없었다.

차라리 서로 겉핥기나마 알던 사이라면 잘 지냈냐든가, 여긴 어떻게 왔냐든가 하는 이야기라도 나눌 수 있었으리라. 하지만 둘에게는 그만한 접점조차 없었다.

"음."

영겁과도 같은 어색한 침묵을 깨준 것은 그 자리에 난입한 또 다른 인물이었다. 형운과 천유하의 시선이 자연스럽게 그 인물에게로 향했다.

"마곡정?"

푸른 눈동자를 가진 영수의 혈통, 풍성의 제자 마곡정이 그 자리에 와 있었다.

등에 기다란 상자를 짊어진 마곡정은 형운을 보고는 피식 웃었다.

"오랜만이네. 한동안 저택에 처박혀서 나오질 않더니?"

보자마자 던지는 도발에 형운이 울컥했다. 하지만 형운이 그에 반응하기 전에 마곡정이 천유하에게 물었다.

"네가 성운의 기재라는 소성검(小星劍) 천유하야?"

"소성검?"

"예령공주를 구한 성운의 기재 천유하의 별호지."

"벌써 별호가 있단 말야?"

마곡정의 설명에 형운이 깜짝 놀랐다. 별호라는 것은 강호 활동을 통해 명성을 쌓아야 붙는 것일진대 저 어린 나이에 벌써 별호가 있다니?

하지만 형운이 수련만 하느라 세상 돌아가는 일을 몰라서 그렇지, 지금 천유하는 강호에 위명이 자자했다. 성운의 기재가 황족인 예령공주를 구했다는 것은 그만큼 사람들의 관심을 살 만한 사건이었던 것이다.

천유하가 쓴웃음을 지었다.

"운 좋게 허명을 얻었을 뿐이야. 그보다 그쪽은 누구신지?"

"소개가 늦었네. 나는 마곡정. 내 스승님은 별의 수호자에서 풍성의 직위를 갖고 계시지."

"그렇군. 나는 조검문의 제자인 천유하다."

"소문은 익히 들었어. 영성님께서 너를 걷어차고 이 녀석을 선택했다는 것도."

"음?"

마곡정이 형운을 가리키며 한 말에 천유하의 눈썹이 꿈틀거렸다.

"그건 무슨 소리지? 영성이라니?"

"몰랐어?"

마곡정은 과장되게 의외라는 기색을 보이며 대답했다.

"너를 구해준 것이 우리 사부님과 같은 오성의 일원이신 영성님이셔."

"아아, 그런 거였나."

천유하는 의외로 담담하게 반응했다.

그도 그럴 것이 형운을 만난 순간, 그를 데려간 귀혁이 여기 사람이라는 것까지는 예상했다. 물론 자신처럼 별의 수호자에 볼일이 있어서 온 손님일 수도 있지만 그렇게 우연히 마주칠 확률이 얼마나 되겠는가?

오성이 어떤 신분인지는 모르겠지만 낮은 신분은 아니리라. 천유하가 본 귀혁은 도저히 낮은 신분일 수가 없는 인물이었다.

그에 대해 생각하면서 형운을 바라본다. 형운의 눈빛을 보고, 체격을 보고, 자세를 보고, 호흡을 읽는다. 또한 겉으로 드러나지 않은 내면의 기질을 읽는다.

그것이 성운의 기재인 천유하가 타고난 특수한 안목이었다. 그는 조검문에 입문한 뒤로 그 능력을 한층 발전시켰다.

'확실히 달라지긴 했군.'

이전에 만났을 때, 형운은 정말 아무것도 아니었다. 무공도 익히지 않았고 어떤 특수한 자질도 감지할 수 없었다.

하지만 지금은… 확실히 무공을 익힌 티가 난다.

체격이 좋아졌다. 이전보다 훨씬 근골이 강해졌으리라.

호흡이 달라졌다. 일반인의 감각으로 보면 부자연스러운 호흡법을 자연스럽게 행하고 있다는 것은 내공심법이 몸에 붙었다는 뜻이다.

그리고 그 호흡의 근본을 보면 확실히 뭉쳐 있는 기운이 느껴진다. 어느 정도까지인지는 모르겠지만 천유하를 자극할 정도의 수준은 된다.

거기까지 읽어낸 천유하는 당황했다.

'이게 말이 되나?'

귀혁이 자신 대신 형운을 선택한 것은 불과 사 개월 전의 일이다. 그때까지 형운은 무공이라고는 전혀 모르는 몸이었다.

그런데 지금 읽어낸 기파는 최소 원천기심을 형성한 수준이었다.

'도대체 무슨 짓을 해야 저럴 수가 있지? 비약을 물처럼 들이켜기라도 했나?

천유하는 자기도 모르게 진실을 짚었다. 물론 그게 정답일 거라고는 전혀 생각지 못했지만.

아무리 탁월한 재능을 가졌어도 내공의 발전 속도에는 한계가 있다. 남들보다 근골과 기감이 뛰어난 자라면 좀 더 빨리 발전할 수 있겠지만 한계가 명확하다.

어려서부터 무공의 기초를 닦고 집안에서 비약까지 먹인 천유하도 아직 내공 수위가 2심에 불과하다. 기심은 그 수가 늘어날수록 이루기가 어려워지기에 기연이라도 없다면 이 이상의 성취를 보이기가 어렵다.

형운의 성취는 그런 상식을 뛰어넘고 있었다.

'뭔가 대단한 내공심법이라도 익히고 있는 건가?'

혼란스러워하는 천유하에게 마곡정이 물었다.

"소성검, 혹시 무료하진 않아?"

"음?"

"벽촌에서 여기까지 힘든 걸음을 했는데 이런 곳만 구경해서야 영 심심하지 않을까 싶은데?"

"……."

뻔히 보이는 도발이었다. 화사하게 웃고 있는 마곡정의 전신에서 한번 싸워보고 싶다는 투기가 노골적으로 피어나고 있었다.

그것을 감지한 형운은 어이가 없었다.

'이놈 제정신인가? 저 녀석은 황실의 추천을 받아서 온 손님이라고!'

즉 별의 수호자 입장에서는 결코 실례를 저지르는 일이 없어야 할 귀빈인 것이다. 그런데 이렇게 노골적으로 시비를 걸다니?

천유하가 차가운 눈으로 마곡정을 보며 물었다.

"별로 심심하진 않지만… 너는 이것보다 재미있는 일이라도 준비해 둔 건가?"

"물론이지."

"뭔지 말해줄 수 있나?"

"무인에게 무공보다 재미있는 일이 있을까?"

마곡정은 노골적으로 비무를 원하고 있었다. 형운은 골이 아파져서 이마를 짚었다.

'아이고. 이놈 진짜 생각이 없구나. 아, 생각해 보니까 저번 일도 생각이 깊었으면 저지르지 않을 짓이었지.'

나중에 알고 보니 오성의 제자들은 서로 사이가 좋지 않았다. 애당초 별의 군세가 다섯으로 나뉘어서 서로 최고의 자리를 두고 경쟁함으로써 질적 향상을 꾀하는 구조로 만들어진지라 그럴 수밖에 없었다.

하지만 그렇다고 해도 명분도 없이 싸움을 벌이면 자신이

속한 조직의 입장이 난처해지게 마련이다. 마곡정이 형운에게 시비를 걸었던 일만 해도 귀혁 쪽에서 풍성 쪽으로 항의가 들어갔고, 원로회에서 징계를 내렸다고 들었다.

그런데 천유하를 보자마자 싸움을 걸다니!

마곡정이 말했다.

"먼 길을 왔으니 별의 수호자의 무공이 어떤 건지 견식해 보는 게 어떨까? 나도 명성이 자자한 성운의 기재의 실력을 구경해 보고 싶은데."

"하아."

천유하가 한숨을 쉬었다. 그가 보기에도 마곡정의 행동이 한심하기 짝이 없는 모양이었다.

그러나…….

"사부님께 누를 끼치기는 싫은데…….."

그러면서 아주 자연스럽게 검자루에 손을 가져가며 살벌한 기세를 풍긴다. 형운이 깜짝 놀랐다.

'말과 행동이 다르잖아, 이 자식아!'

생긴 건 얌전한 주제에 의외로 막가는 성격이었단 말인가?

문득 천유하가 형운을 흘끔 바라보았다.

'저 녀석하고 싸워보고 싶지만 태도를 보니 안 될 것 같군.'

천유하도 아직 치기 넘치는 어린 소년이었다.

그래도 평소 같으면 이런 유치한 도발을 받아들이지 않았으리라. 손님으로 와서 사고를 치면 사부의 입장이 난감해질 수 있다는 것을 잘 아니까.

하지만 지금은 충동을 주체하기 힘들다. 형운이, 정확히는 귀혁이 이곳 소속임을 알았기 때문이다.

남들과는 정반대로 자신이 성운의 기재이기에 거부했던 그 남자가 소속된 집단이 지닌 저력을 알고 싶다. 그런 마음을 억누를 수가 없었다.

천유하가 물었다.

"진검으로 할 건가?"

"호쾌한데? 마음에 들어. 하지만 그랬다가는 서로 곤란해질 테니 목검으로 하지."

마곡정은 등에 지고 있던 기다란 상자를 풀었다. 그 속에는 연습용 목검이 들어 있었다. 형운이 혀를 내둘렀다.

'아주 계획적이었구만!'

형운과 달리 성운의 기재가 왔다는 소식에 무작정 달려온 게 아니라 처음부터 어떻게든 붙어볼 생각이었음이 분명했다. 앞뒤 가리지 않고 막나가는 주제에 쓸데없는 세심함이라니!

마곡정이 말했다.

"마음에 드는 걸 골라."

"사양하지 않지. 그런데 괜찮나?"

"뭐가?"

"날 안내하던 시종이 상황을 알리러 간 것 같은데."

"상관없어. 어차피 저 녀석 호위도 있고 해서 다른 사람 눈을 피하는 건 불가능하니까."

마곡정이 형운을 호위하는 영성 호위대원의 존재를 지적했다. 하지만 천유하는 전혀 놀라지 않았다.

"아아, 주변을 맴도는 시선의 정체가 그건가?"

'이 녀석들, 호위대 아저씨의 기척이 느껴진단 말야?'

형운이 속으로 식은땀을 흘렸다. 석준보다는 수준이 떨어지지만 영성 호위대원들은 다들 바로 앞에 있어도 그 기척을 느낄 수 없을 정도로 은신술을 숙련한 자들이다. 형운은 아직도 그가 말을 걸어오기 전까지는 전혀 존재를 감지할 수 없었다.

마곡정이 말했다.

"다른 사람이 오기 전에 한바탕해 보자고. 즐기기에는 충분한 시간 아니겠어?"

"시간이 별로 없다면… 빨리 하지."

천유하와 마곡정이 목검을 쥐고 대치했다. 동시에 숨 막히는 압박감이 퍼져 나갔다.

2

두 소년이 검을 쥐고 대치하는 순간, 그 자리의 분위기가 일변했다.

어린 소년이라고는 믿을 수 없을 정도로 강렬한 기파가 쏟아져 나와서 그 자리를 지배한다. 형운은 온몸의 솜털이 곤두서는 것 같았다.

'장난이 아니잖아?'

정말로 비슷한 또래가 맞나 싶을 정도로 무시무시한 기세가 느껴진다.

그 속에서 천유하는 마곡정을 관찰하고 있었다. 형운을 보았듯이 마곡정의 모든 것을 살펴서 그의 기량을 읽어내고자 한다.

'강해.'

그저 마주하는 것만으로 알 수 있다. 마곡정은 강하다. 형운과는 비교도 할 수 없을 정도로 강맹한 기운이 느껴진다.

마곡정이 화사하게 웃었다. 동시에 그의 기척이 씻은 듯이 사라진다.

'음?'

눈앞에 있는데도 그 실체를 의심하게 될 정도로 그를 감지할 수 있는 모든 요소가 싹 자취를 감춘다. 시각뿐만 아니라 모든 감각을 동원해서 싸우는 무인에게 혼란을 던져주는 감각의 실종 상태.

'은신술인가?'

은신술은 암살자이거나 특수한 임무를 띠는 이들이나 익히는 거라고 배운 천유하 입장에서는 당혹스러웠다. 은신술이라는 게 이렇게 상대 앞에서 대놓고 쓰는 기술이었나?

동요하는 천유하에게 마곡정이 달려들었다. 느슨하게 한 걸음 내딛나 싶더니 급가속, 벼락처럼 거리를 좁히면서 일검을 날린다.

타앗!

하지만 천유하는 그 속도 차에 현혹되지 않고 검격을 막아냈다. 직후 마곡정이 기세를 타고 연속적으로 공격을 가한다.

타타타타탓!

목검과 목검이 부딪치면서 공기가 뒤흔들렸다. 천유하의 입에서 신음이 흘러나왔다.

"큭!"

빠르다. 마곡정의 움직임을 사전에 예측해서 막고 있는데도 따라가기 벅찰 정도로.

게다가 일격을 더해갈 때마다 속도가 늘어나고 변화가 커진다. 공격을 가하는 마곡정의 상체가 크게 흔들리면서 검격의 궤도가 커지는데, 동시에 검이 날아드는 궤도가 기이하게 틀어져서 방어하기가 까다로워지고 있었다.

'탄력과 유연함이 비정상적이야! 게다가 은신술 때문에 기척을 읽을 수 없는 게 혼란을 가중시킨다!'

천유하는 정신없이 공격을 막아내면서 그 특성을 파악했다.

무인이 상대방의 공격을 읽어내는 것은 시각에만 의존하는 게 아니다. 상대의 눈빛, 호흡, 그리고 기파의 흐름까지를 종합해서 통찰하는 것이다.

그런데 마곡정은 철저하게 그러한 통찰을 혼란시키는 움직임을 보이고 있었다.

은신술로 기파의 흐름을 읽을 수 없게 만들고, 상리에 어긋난 변칙적인 움직임으로 허를 찔러온다. 아래에서 위로, 위에서 아래로… 동작의 시작을 보고 자연스럽게 추측하게 되는 연속성에서 어긋난 궤도의 검격을 날리는 것이다.

타앗!

어느 순간 천유하가 몸을 숙였다가 위로 쳐 내는 강맹한 일격으로 마곡정의 공격을 걷어냈다. 그러면서 훌쩍 뒤로 물러나서 자세를 바로잡는다.

마곡정이 재미있다는 듯 웃었다.

"와, 제법 하는데? 한두 대쯤은 맞힐 생각이었는데 다 막네?"

"정말 실전적인 기술이군. 상당히 공부가 됐다."

태연하게 말하고 있었지만 천유하의 팔은 미미하게 경련하고 있었다. 마곡정의 공격이 워낙 예측하기 어렵고 강맹해서 방어하는 것만으로도 몸에 가해지는 충격이 컸다.

마곡정이 고개를 갸웃하며 말했다.

"흠, 확실히 제법이긴 하지만… 듣던 것만큼 대단하진 않은데?"

"뭐라고?"

"다들 성운의 기재, 성운의 기재 하고 떠들어대서 얼마나 대단한가 했는데 기대만 못하네. 내공이 얕은 거야 그렇다 치고 신체 능력도 대단하진 않고. 기술을 쓰는 감각은 제법이긴 한데, 대단하다고 할 정도는 아닌걸?"

그 말에 천유하의 눈썹이 꿈틀거렸다. 신체 능력이 대단치 않다니, 생전 처음 들어보는 평가였다. 또래에서는 비교 대상을 찾기 어려울 정도로 뛰어나다는 소리만 들었거늘.

하지만 영수의 혈통인 마곡정은 이미 성인 장정을 압도하는 괴물 같은 신체 능력을 가졌다. 지금 천유하를 몰아붙이면서도 충분히 봐주면서 한 것이다.

"실망이야. 성운의 기재는 다른 녀석들처럼 쉽게 망가지지 않을 줄 알았는데. 별의 힘을 각성한 지 얼마 안 됐다고 들었는데 한 이삼 년 뒤에 봤으면 좀 달랐을라나?"

"실망시켜서 미안하군. 나만 이득을 본 것 같아서 미안하니… 기대에 부응하도록 노력해 보지."

"아직 보여줄 게 남았어?"

"남았다."

"그럼 보여줘 봐."

마곡정은 노골적으로 깔보는 기색으로 걸어왔다. 척척 걸어오는 것 같다가 어느 순간 번개처럼 가속하나 싶더니 급제동을 건다.

그 변칙적인 움직임에 천유하가 걸려들었다. 자연스럽게 가속하는 마곡정의 움직임을 예측하고 공격을 했다가 허무하게 허공을 가른다.

"끝."

순식간에 뒤를 잡은 마곡정이 손을 뻗었다. 그런데 그때였다.

'어?'

그의 손이 허공을 쳤다.

분명히 천유하의 뒤를 잡았고 그가 반응하기도 전에 공격을 가했는데 공격이 빗나갔다. 그리고 천유하가 그 앞에서 사라졌다.

'기척이 사라졌어?'

마곡정이 하는 것과 똑같았다. 기척을 완전히 지우면서 빠져나갔다.

'은신술을 할 줄 알았던 건가?'

하지만 그것만으로는 이 공격을 피해낸 것을 이해할 수 없다.

동요하는 마곡정의 옆에서 천유하의 검격이 날아들었다.

타앗!

"큭!"

처음으로 마곡정의 표정이 일그러졌다. 지금 공격은 하마터면 맞을 뻔했다.

천유하가 물었다.

"어때? 이 정도면 좀 기대에 부응했나?"

"흥, 제법인데?"

마곡정이 눈을 치켜떴다.

방금 전에는 간담이 서늘했다. 무슨 수를 썼는지 모르겠지만 기척을 지우면서 자신의 감각에서 완전히 빠져나갔다가 사각을 찔렀다. 공격이 느릿느릿하지 않았다면 그대로 정타를 맞았으리라.

"은신술은 어디서 배웠어? 몰리면서도 숨기고 있다니 음흠……."

"방금 너한테."

"뭐?"

마곡정이 깜짝 놀랐다. 천유하가 말했다.

"방금 네가 하는 걸 보고 배웠어. 쓸 만한 기술이군."

"무슨 말도 안 되는 소리를……."

"진짜야. 조검문의 무공 중에는 그런 잔재주는 없거든."

"하! 헛소리도 아주 우월하구나?"

마곡정이 발끈해서 공격을 가했다. 조금 전보다 더 빠른 움직임이었다.

그러나 천유하는 이번에는 한층 여유 있게 반응했다. 발끈해서 날리는 직선적인 공격 따위는 예측하기가 쉬웠다.

검이 닿는 거리에 들어오는 순간 부드럽게 걷어내면서 반격한다.

타타타타탓!

이번에는 마곡정이 뒤로 밀렸다. 마곡정의 얼굴이 당황과 분노로 물들었다.

"이 자식! 건방지게!"

천유하의 공격은 마곡정의 그것을 모방하고 있었다. 상체를 크게 흔들면서 변칙적인 궤도를 그려내는 것은 물론, 매번 가속하고 감속하는 호흡이 달라서 혼란을 불러일으킨다.

그것을 보는 형운은 기가 막혔다.

'아니, 어떻게 저럴 수가 있지?

은신술도, 변칙적인 움직임도 마곡정이 오랜 시간 동안 수련해서 터득한 기술이다. 그런데 전혀 뿌리가 다른 무공을 익혔으면서 그걸 한눈에 베껴서 쓴다니?

혼란에 빠진 마곡정의 자세가 무너졌다. 순간 천유하는 마곡정의 숨결이 느껴질 정도로 가깝게 접근, 눈을 부릅뜨며 강렬한 기파를 발했다.

동시에 마곡정이 반응했다. 자세가 무너진 채였지만 개의치 않고 강맹한 검격을 날린다.

'아!'

하지만 이상하다. 검격이 허공을 가르면서 천유하의 존재감이 씻은 듯이 사라진다.

그리고…….

타앗!

옆에서 느릿느릿하게 날아드는 검격을 마곡정이 아슬아슬하게 막아내며 후퇴했다.

"음."

천유하가 침음했다. 방금 전의 공격은 완벽하게 허를 찔렀는데도 막아낼 줄이야. 마곡정의 반응 속도는 상상을 초월했다.

마곡정의 눈이 분노로 이글이글 타올랐다.

"내 기술을 베껴가는 걸로도 모자라서 이런 잔재주까지 섞어? 날 열 받게 할 생각이었으면 아주 잘했어."

마곡정은 천유하가 쓴 수법을 간파했다. 첫 번째에는 운 좋게 막아낸 거지만 두 번째는 확실하게 그 실체를 꿰뚫어 볼 수 있었다.

"은신술을 순간순간 쓰는 방식으로 감각을 흐트러뜨리다니… 재미있는 응용법이야. 나도 공부가 됐어."

은신술로 기척을 지우는 것에 그치지 않고 원하는 순간에

푼다. 그것으로 상대의 감각에 자신의 존재감을 각인시키고, 순간적으로 다시 은신술을 쓰는 것으로 혼란을 일으킨다.

그 직후 허점을 찌르는 공격이 느렸던 것은 어느 정도 이상의 힘을 발했다가는 기척을 완전히 감출 수 없기 때문이었다. 그야말로 찌르는 순간까지도 자신을 드러내지 않는 암살자의 검에 가까운 기술인데 그것을 근접 검투에서 응용하다니……

마곡정이 이를 갈았다.

"아주 재미있었어. 실망이라는 말은 취소할게. 기대한 것 이상이야. 그러니 답례로 보여주지."

"뭘 말이지?"

"봐주는 건 그만두고 진짜 실력을 보여주겠다는 말이야."

3

오만하게 선언한 마곡정이 걸어서 거리를 좁혔다. 이번에는 천유하의 공격 거리에 들어갈 때까지 가속도, 감속도 하지 않았다.

천유하는 의아해하면서도 공격을 가했다. 조금 전에 훔쳐낸 마곡정의 변칙적인 검술이었다.

마곡정이 그것을 받아낸다. 한 걸음도 물러나지 않고 천유하가 가하는 변화무쌍한 검격을 모조리 방어하면서 앞으로 나아간다.

'뭐지?'

마치 바위가 전진해 오는 것 같다. 아무리 공격을 가해도 멈추지 않고 조금씩 다가오니 자연스럽게 물러나게 되었다.

마곡정이 전혀 동요하지 않으니 변칙적인 검격도 쓸모가 없다. 천유하는 표정을 굳히며 승부를 걸었다. 힘을 실은 내려치기로 마곡정의 움직임을 막고…….

"느려."

하지만 마곡정은 그 내려치기를 너무나도 쉽게 걷어내 버렸다.

'말도 안 돼!'

천유하가 경악했다. 그도 그럴 것이 마곡정은 내려치기가 머리 위에서 가속하는 순간까지도 빤히 바라볼 뿐, 반응하지 않았다. 그러다가 내려치기가 최고 속도에 달해서 떨어지는 순간 움직여서 공격을 옆으로 쳐 낸 것이다.

무슨 심오한 무리가 적용한 결과가 아니다. 어디까지나 압도적인 신체 능력의 격차가 빚어낸 결과였다.

마곡정이 무심하게 검을 휘두른다. 방금 전까지와 달리 전혀 변화가 없는 묵직하게 날아드는 대각선 일검이었다.

'막을 수 없어.'

순간 천유하는 등골이 서늘해졌다. 저 일검에 담긴 힘이 도저히 감당할 수 없는 수준임을 감지했기 때문이다.

후우우우웅!

목검이 허공을 가르자 검풍이 일어났다. 뒤로 물러나서 피한 천유하의 옷깃이 미친 듯이 펄럭였다.

직후 마곡정이 가속, 천유하가 한 호흡을 마무리하기도 전에 그 앞에 선다.

'느려 터졌군. 하품이 다 난다.'

마곡정은 아까 전까지는 반쯤 잠재워 놨던 내공을 활성화시켜서 감각과 움직임을 활성화시키고 있었다. 지금의 그는 천유하와 다른 시간 축에 있는 것과 마찬가지다.

끝이다. 이대로 일권을 내지르기만 하면…….

스팟!

순간 마곡정의 볼에서 핏방울이 튀었다.

느긋하게 검을 휘두르는 순간, 천유하가 기다렸다는 듯이 앞으로 뛰어들면서 검격을 비껴내고 반격을 날렸던 것이다.

"이……!"

마곡정의 눈이 분노로 뒤집어졌다.

격이 다르다는 걸 알려주면서 마무리하려고 했다. 그런데 그의 방심을 찔러서 얼굴에 상처를 내다니!

"이 자식이 건방지게!"

마곡정이 발을 굴렀다. 그러자 주변의 지면을 타고 충격파가 터졌다.

콰콰광!

"이, 이건……!"

전방위를 휩쓰는 충격파에 천유하의 몸이 붕 떠버렸다. 이런 식으로 공격해 올 거라고는 전혀 예상치 못했다.

투학!

그 직후 가해진 일검이 천유하의 방어 위를 두들긴다. 목검은 부러지지 않았지만 대신 그것을 든 천유하는 내장이 뒤흔들리는 충격을 받았다.

"커억!"

그리고 완전히 이성이 날아가 버린 마곡정이 천유하에게 뛰어들었다. 팔을 뒤로 당겼다가 그대로 인정사정없이……!

"그만해, 이 멍청아!"

그 순간 형운이 옆에서 뛰어들면서 마곡정을 몸으로 들이받았다.

콰콰콰콰콰!

공격 직전, 몸이 어긋난 마곡정의 찌르기가 허공을 꿰뚫었다. 거기에 실린 기운이 어찌나 강맹했는지 전방의 바닥에 깔린 포석을 다 뒤집어놓으면서 폭발했다.

'세상에……'

그것을 본 형운은 모골이 송연해졌다. 이 녀석, 도대체 내공이 얼마나 심후하기에 이런 위력을 발할 수 있단 말인가?

마곡정이 있는 대로 힘을 모았다가 쳐서 망정이지, 아까처럼 빠르게 움직였다면 틀어놓지도 못했을 것이다. 형운이 전력으로 들이받았는데도 마곡정은 조금 휘청거렸다가 금세 균형을 되찾았다.

마곡정이 형운을 노려보았다.

"감히 날 방해해?"

"야, 지금 제정신이야? 죽일 셈이냐?"

"닥쳐!"

마곡정은 완전히 이성이 날아가 버린 모양이었다. 다짜고짜 형운을 공격하는 게 아닌가?

형운이 뒤로 물러나서 피하자 눈을 치켜뜬다.

"호오, 그러고 보니 넌 방어는 좀 했지? 그거 믿고 까부는 거야?"

"지금 그런 문제가 아니잖……."

"닥치라고 했지!"

마곡정이 목검을 집어 던지더니 맨손으로 뛰어들었다.

형운은 첫 번째 공격을 감극도로 막아냈다. 공격이 보이지도 않았지만 정신을 차리고 보니 막고 있었다.

'크억!'

하지만 형운은 완벽하게 받아내고도 비명을 참아야 했다. 마곡정의 공격이 너무나도 강맹해서 막아낸 팔이 부러질 듯 아프다.

주춤거리며 뒷걸음치는 형운에게 마곡정이 코웃음을 쳤다.

"스승님께 들었지. 감극도."

"……!"

"영성이 자랑하는 절세의 방어 무공. 무상검존 나윤극과 설산검후 이자령 말고는 그 방어를 뚫어본 사람이 없다지?"

'…그랬나?'

형운은 처음 듣는 사실이었다. 감극도가 그 정도로 엄청난 무공이었나?

마곡정이 싸늘하게 웃었다.

"하지만 기초 단계에서는 반사 행동에 의존할 뿐이라지. 보아하니 거기서 벗어나질 못한 것 같군. 허점이 너무 많아서 어디부터 찔러줘야 할지 고민될 정도인걸?"

"크윽……!"

"첫 번째 약점은 방금 공격으로 알았겠지? 반사적으로 방어하기 때문에 상대의 움직임을 보고 적합한 방어 행동을 고를 수 없다. 그러니 너 같은 약골은 오히려 막게 해서 부숴 버릴 수 있지!"

그 말대로였다. 현재 형운의 감극도는 본인의 인식보다도 방어 행동이 더 빠르고, 형운 자신의 육체는 약하다. 그러니 압도적인 힘을 가졌다면 일부러 방어를 유도한 뒤 방어째로 부숴 버릴 수 있다.

"두 번째 약점도 알고는 있겠지?"

말이 끝남과 동시에 마곡정의 신형이 사라졌다.

너무 빨리 움직여서 그렇게 보인 것이다. 옆으로 몸을 느릿하게 기울이나 싶더니, 무시무시하게 가속해서 반대쪽으로 빠져나갔다. 갑작스러운 속도 차에 시각이 따라가질 못해서 마치 사라진 것처럼 보인다.

순간 감극도가 발현되었다. 형운이 인지하기 전에 기감이 옆으로 돌아온 마곡정의 존재를 감지하고, 몸이 자동으로 반응해서 손을 뻗는다.

하지만 언제나 공격을 잡아냈던 그 반응이, 이번에는 허공을 갈랐다.

"이렇게나 허(虛)에 약하다니. 정면에서 대놓고 쳐들어갔어도 마찬가지였겠는데?"

마곡정이 일순 공격하는 척하다가 급제동해서 공격거리 밖에 머물렀던 것이다. 하지만 반사 행동에 의존하는 감극도는 곧이곧대로 반응해서 허공을 치고 말았다.

퍽!

"크악!"

그리고 가볍게 옆구리를 한 방 치니 형운의 몸이 붕 떴다가 나가떨어진다.

'부러졌나?'

형운은 옆구리를 붙잡고 이를 악물었다. 다행히 갈비뼈가 나가진 않은 것 같다.

'사부님께 감사해야겠군……'

뼈가 나가지 않은 것은 용육보의 덕분이었다. 용육보의는 약물을 흡수시키는 목적만이 아니라 몸을 지키는 역할도 했던 것이다.

마곡정이 잔혹한 미소를 지은 채 다가온다. 배부른 맹수가 먹잇감을 갖고 노는 듯했다.

"허실을 분간하지 못하는 방어 따위, 농락하기 좋은 먹잇감일 뿐이야."

그 말대로였다.

공방에서 허(虛)와 실(實)을 섞어서 상대방을 현혹시켜 허점을 유도한다.

그것은 어느 정도 수준에 오른 무인이라면 누구나 사용하는 수법이다. 형운은 인식보다도 빠르게 반응하는 감극도를 무적의 방어 무공이라고 생각했지만 사실은 이렇게나 적나라한 약점을 가졌던 것이다.

형운이 고통을 참으며 마곡정을 노려보았다.

'아무래도 이놈이 이성을 되찾기를 요구하는 건 무리일 것 같고… 어쩌지? 다른 사람이 올 때까지 어떻게든 버텨야 하나? 그보다 이 아저씨는 도대체 왜 아무것도 안 하는 거야? 이쯤 되면 개입해야 할 거 아냐!'

왜 아직까지 영성 호위대원이 나타나지 않는지 이해할 수가 없다. 사태가 이 지경이 됐으면 나와서 이놈을 막아야 할 것 아닌가?

마곡정이 어깨를 으쓱하며 물었다.

"자, 어디 공격해 보시지? 설마 그거 말고 밑천이 없는 건 아니지? 영성이 성운의 기재를 걷어차고 선택한 제자께서?"

"그만둬."

그때 나직한 목소리가 마곡정의 발길을 붙잡았다. 그가 눈살을 찌푸린 채 뒤를 노려본다.

천유하가 일어나서 목검을 겨누고 있었다.

"우리 아직 비무 중 아니었나?"

"허세 부릴 기운이 남았어? 속이 엉망일 텐데 잘도 일어났군."

그 말대로였다. 천유하는 마곡정이 가한 일검을 막아낸 것만으로도 만신창이가 되었다. 겉은 멀쩡해 보였지만 내상을 입어서 기혈이 뒤틀렸다.

"그래도 너 정도는 이길 수 있을 것 같다."

"그래? 소원대로 죽여줄게."

마곡정은 전광석화처럼 천유하의 앞에 나타났다. 천유하가 마치 그 순간을 읽어낸 것처럼 일검을 날리지만 소용없다. 장난치듯이 맨손으로 튕겨내고 그대로 목을…….

쿠르르!

순간 대지가 뒤흔들리며 마곡정의 중심이 흐트러졌다. 천유하가 발을 구르자 전방의 지면을 타고 얕은 충격파가 터진 것이다.

마곡정이 썼던 수법이었다. 위력은 그보다 훨씬 약하지만 정확한 범위에 집중시킴으로써 절묘한 효과를 발휘했다.

"큭!"

마곡정이 비틀거리면서도 반응한다. 하지만 그의 손이 목검과 접촉하는 순간, 아주 절묘한 호흡으로 목검이 빠져나간다.

그것은 마곡정이 형운의 감극도를 농락한 수법과도 비슷했다. 상대방이 강격을 예상하고 힘을 줘서 방어하는 순간, 절묘하게 그 극점에서 공격을 빼냄으로써 헛치게 만든다.

'세상에!'

형운은 감탄하고 말았다. 천유하와 마곡정의 속도 차는 현격하다. 그런데 한참 느린 천유하가 마곡정의 움직임을 읽고 저런 묘기를 성공시키다니!

그로써 마곡정의 균형이 완전히 무너지고 허점이 드러났다.

"어림없……!"

하지만 마곡정은 반응했다. 거의 쓰러지는 듯한 자세에서도 천유하를 향해 일권을 내지른다.

"……!"

그 공격이 허공을 치고, 다음 순간 천유하는 마곡정의 옆에 있었다.

파앗!

검격이 발하는 기운에 마곡정이 옷이 길게 찢겨져 나갔다.

"이 정도면 한판 아닌가? 내가 이긴 것 같군."

주저앉은 마곡정을 내려다보며 천유하가 말했다.

형운은 전율했다.

'이게 성운의 기재인가……!'

아직 무공이 일천한 형운조차도 알 수 있었다. 천유하가 마곡정과 비무하는 짧은 시간에 큰 폭으로 성장했다는 사실을.

마곡정의 은신술을 베껴내서 독자적으로 응용하고, 그 변칙적인 기술들을 흉내 냈다. 그리고 압도적인 힘과 속도를 자랑하는 마곡정의 움직임을 간파해서 꺾어버렸다.

"크르르르, 이, 이 자시이이이익……!"

마곡정이 몸을 일으켰다. 그런데 그 목소리가 이상하다. 짐승의 으르렁거림 같은 불길한 울림이 섞여 있었다.

쉬이이이이이!

그리고 그의 주변에서 바람이 휘몰아치기 시작했다. 그것도 피부가 얼어버릴 것 같은 한풍(寒風)이.

'이게 영수의 힘?'

귀혁이 말하길 영수의 피를 이은 마곡정은 보통 인간은 갖지 못한 특별한 능력을 가진다고 했다. 그리고 그가 청안설표에게서 물려받은 힘은 바로 한기를 자유자재로 조종하는 것이다!

"천유하! 피해!"

형운이 다급하게 외치자 천유하는 정확한 사정을 모르면서도 그 말에 따랐다. 뒤로 다급하게 피하는 순간, 그 자리에 새하얀 한기가 작렬했다.

사아아아아!

대지가 새하얗게 얼어붙으면서 눈송이 같은 얼음 가루들이 휘날렸다. 그리고 그 너머에서 전신에 청백색 한기를 두른 마곡정이 푸른 눈동자를 흉흉하게 빛내며 짐승의 소리를 내고 있었다.

천유하가 당황했다.

"이놈은 도대체 정체가 뭐지?"

"영수의 혈통이야! 뭐가 뭔지는 모르겠지만 제정신이 아닌 건 분명하니까 도망치자! 다른 사람들이 있는 곳으로!"

"하지만……."

"비무는 끝났잖아! 저놈이 지금 그런 거 따지면서 행동하는 거 같아?"

"크르르… 도망……?"

마곡정의 입매가 흉하게 일그러졌다. 마치 비웃는 것 같았다.

다음 순간, 그가 서 있던 자리가 폭발하듯 터져 나가면서 그의 신형이 없어졌다.

펑! 퍼벅!

한순간에 천유하와 형운이 뭔가에 얻어맞고 나가떨어졌다.

"큭……!"

천유하가 몸을 빙글 돌려서 자세를 잡는다. 마곡정의 움직임은 안 보였지만, 그가 힘을 모으는 기척을 느끼고는 방어 자세를 잡았는데 운 좋게 막았다. 하지만 방어를 꿰뚫고 전신을 뒤흔드는 충격이 느껴졌다.

"으윽, 뭐가 이리 빨라?"

형운도 상황이 안 좋았다. 감극도 덕분에 막기는 했는데 팔이 부러진 것처럼 아프다. 용육보의가 지켜주는 것도 한계가 있었는지 팔이 잘 안 움직인다.

천유하의 눈이 이채를 띠었다. 그가 본 형운은 도저히 방금 전의 공격을 막을 수 없어 보였기 때문이다.

'뭔가 특수한 방어 무공을 쓰고 있는 것 같은데… 뭐지?'

그의 안목으로도 감극도의 실체를 꿰뚫어 볼 수가 없었다.

"크르르, 크크크큭……!"

하지만 지금은 그러고 있을 때가 아니었다. 전신에 살얼음이 달라붙은 마곡정이 눈에서 귀화를 뿜어내면서 둘을 노리고 있었다.

천유하가 식은땀을 흘렸다.

"이거 아무래도… 도망치는 건 불가능하겠는데?"

"동감이야. 된통 걸렸네, 이거."

눈으로 쫓기도 어려운 마곡정의 속도는 도주할 엄두도 못 내게 만들었다.

형운이 말했다.

"내가 뛰어들어서 미끼가 될 테니까 넌 도망쳐."

"뭐?"

"나라면 직격은 피할 수 있을 거야. 한 번 이상 막을 자신은 없지만, 그 정도면 네가 도망칠 정도는 되겠지?"

"너, 지금 나보고… 은인을 맹수 아가리에 던져 놓고 도망치라고 하는 거냐?"

"…은인?"

형운은 당혹감을 느꼈다. 웬 은인?

그런데 잘 생각해 보니 아까 전에 마곡정한테 끝장날 뻔한 걸 구해주긴 했다. 은인이라고 하지 못할 건 아니다.

'이 녀석, 생각보다 괜찮은 놈이었네.'

지금까지 형운은 천유하가 오만하고 자기중심적일 거라고 멋대로 단정 짓고 있었다. 첫 만남에서 자신을 비웃었던 일이 워낙 강한 인상을 주었기 때문이다.

그런데 이제 보니 고지식하고 신뢰할 만한 구석이 있는 녀석이었다. 그렇게 생각하니 왠지 웃음이 나온다.

"야야, 난 여기 사람이고 넌 손님이잖아. 주인으로서 기르는 개를 관리 못한 책임은 져야지."

형운은 허세를 부렸다. 사실은 무서워서 심장이 쿵쾅거리고 몸이 덜덜 떨리지만, 천유하한테 약한 모습을 보이기는 싫었다.

'어떻게든 버티기만 하면 사부님이… 어떻게든 해주시겠지. 젠장. 호위대 아저씨 나중에 임무 내팽개쳤다고 다 일러 줄 테다. 나도 이제 권력 있는 몸이다 이거야. 사부님한테 말해서 해고해 버리겠어!'

형운은 무시무시한 생각을 하며 각오를 다졌다.

"마곡정."

형운이 부르자 둘이 떠드는 걸 멀뚱하니 지켜보던 마곡정이 고개를 갸웃했다.

"얘기 끝났어? 떡 줄 사람은 생각도 안 하는데 누가 먹을지 다투다니, 너네 참 웃긴다."

"그래? 그럼 떡줄 사람인 너한테 부탁할 게 있는데."

"부탁?"

"어디 나 먼저 공격해봐. 그럼 천유하의 차례는 돌아오지 않을 테니까."

"뭐?"

마곡정이 어이없어했다. 지금까지 신나게 두들겨 맞은 놈이 뭘 믿고 저런 도발을 한단 말인가?

형운이 씩 웃었다.

"왜? 자신 없냐?"

"하! 아주 죽고 싶어서 환장했구나?"

마곡정이 다시금 으르렁거렸다. 그런 그를 보는 형운의 가슴이 쿵쾅거렸다.

'좋아. 이놈 성격으로 보건데… 정면에서 온다!'

형운은 자기가 다른 건 몰라도 눈치는 제법 좋다고 자부했다. 객잔 심부름꾼으로 일하다 보면 앞뒤 가리지 않고 해코지하려는 놈이야 발에 차일 정도로 많다. 어떻게 하면 그런 이들의 성미를 건드리지 않을지, 그리고 그런 놈들이 빌미를 잡으면 어떤 식으로 행동하는지는 지긋지긋하게 봐왔다.

그런 경험은 형운에게 남들보다 뛰어난 눈썰미를 길러주었다. 마곡정을 상대하면서 그의 성격을 파악한 형운은, 이순간 그가 자신이 원하는 행동을 하도록 유도했다.

"와라!"

형운은 확신했다. 영수의 힘을 깨워서 자신이 힘과 속도에 절대적인 자신이 있는 지금, 마곡정은 아까처럼 허초로 자신을 혼란시키는 '귀찮은 짓'은 하지 않을 것이다. 자기 주먹이 절대 빗나갈 리 없다고 믿는 놈이 잔재주를 부릴 이유가 있을까?

'간다, 감극도 무심반사경(無心反射勁)!'

형운의 감극도는 아직 1단계에 머물렀다. 하지만 그렇다고 반사 행동에 의존해서 방어하는 게 전부는 아니었다. 형운은 그동안 몸에 붙어서 무의식중에도 운용하는 감극도에 또 다른 힘을 장전했다.

순간 마곡정이 움직였다.

"소원대로 너 먼저 죽여주지!"

동시에 그의 모습이 사라졌다.

퍼억!

다음 순간 울려 퍼진 격타음은 묘하게 길었다. 그것은 두 번의 격타음이 거의 동시에 울려서 겹쳐졌기 때문이었다.

"이……!"

마곡정이 경악으로 눈을 부릅떴다.

그럴 수밖에 없었다. 형운을 한 방에 해치우고 바로 천유하를 급습하려고 했거늘, 놀랍게도 형운의 팔꿈치가 그의 몸에

꽂혀 있는 게 아닌가?

"이… 자식……!"

형운은 마곡정의 공격을 감극도로 받아냄과 동시에 반격을 성공시킨 것이다.

"하아아아아!"

한 박자 늦게 상황을 인지한 형운이 기합을 토했다. 동시에 마곡정의 몸에 팔꿈치를 꽂아 넣은 자세 그대로 몸을 비틀면서 힘을 발한다.

투학!

형운과 마곡정이 서로 반대편으로 튕겨나갔다.

하지만 마곡정은 균형을 바로잡고 착지한 데 비해 형운은 그대로 넘어져서 데굴데굴 굴렀다.

"으윽, 역시 아직 촌경(寸勁)은 안 되나?"

촌경은 지근거리, 혹은 접촉한 상태에서 힘을 폭발시키는 고등 타격법이다. 마곡정이 허점을 드러낸 김에 써보려고 했는데 실패했다.

마곡정이 혼란스러워했다.

"무슨 짓을 한 거지?"

"네가 다 알았다는 듯이 떠든 감극도지."

감극도의 응용기, 무심반사경.

감극도의 제1단계는 반사 행동에 의존하여 의식보다 빠르게 적의 공격을 막아낸다. 그리고 무심반사경은 여기에 하나를 더한다.

상대방의 행동을 예측하고, 거기에 대처할 자신의 행동을 미리 설정하는 것이다.

형운은 감극도의 방어가 이루어지는 것과 동시에 팔꿈치 공격으로 반격할 것을 미리 설정했다. 마곡정이 아까처럼 허초로 감극도의 방어를 농락하거나, 아니면 하다못해 천유하를 먼저 치기만 했어도 통하지 않았을 수다.

그렇기에 형운은 마곡정이 자신을 먼저 노리도록 유도했다. 형운이 파악한 대로 자신의 힘과 속도를 절대적으로 믿는 마곡정은 정면으로 돌진해 왔고, 거기에 깔아둔 함정에 그대로 걸려들고 말았다.

'근데 이제 어쩌지?'

천유하한테 약한 모습을 보이기 싫어서 허세를 부리고 있지만 형운에게는 아무런 대책이 없었다. 가지고 있던 패는 다 썼다. 이제 마곡정을 막을 방법이 떠오르지 않는다.

그때였다. 갑자기 이질적인 기파가 감각을 자극했다.

형운뿐만 아니라 천유하도, 마곡정도 같은 방향을 바라보았다. 형운이 놀라서 중얼거렸다.

"서하령……?"

휘날리는 검은 머리칼 아래로 호박색 눈동자를 빛내는 소녀, 서하령이 다가오고 있었다.

4

정적이 내려앉았다.

서하령은 약간은 나른해 보이는 무심한 눈으로 마곡정을
바라보며 말했다.

"곡정아, 이성을 잃고 폭주한다면 넌 사람이 아니라 짐승
에 불과해."

"내게 설교하지 마."

마곡정이 짜증을 내며 그녀의 손을 뿌리쳤다.

영수의 혈통인 그는 동물적인 성향이 강했다. 이성보다 감
정이 앞서서, 머리로 생각하는 것과 별개로 충동적으로 행동
해 버리고 마는 경우가 많은 것이다.

"이제 내가 누나보다 강해! 누나 명령 따윈 안 들어!"

"무슨 서열 따지는 개도 아니고… 넌 정말 한결같구나."

서하령이 한심하다는 듯 한숨을 쉬었다.

마곡정이 발끈했다. 보이지도 않는 속도로 서하령을 공격
한다.

파앗!

하지만 서하령은 너무나도 여유 있는 손짓으로 그것을 튕

겨낸다.

심지어 그녀는 그 자리에서 움직이지도 않았다. 오히려 마곡정이 주춤거리며 뒤로 물러났다.

서하령이 말했다.

"너, 지금 네가 어떤 상태인지도 모르지?"

"알게 뭐야!"

"반쯤 영수의 피에 먹혔어."

"흥!"

마곡정은 들은 체도 안 하고 주먹을 질렀다. 하지만 서하령은 슥 한 걸음 물러나는 것만으로 피해 버린다. 마곡정이 그녀를 따라가면서 연격을 날렸다.

콰콰콰콰콰!

마곡정의 연타가 광풍처럼 주변을 휩쓸었다. 주먹을 휘두르고 일장을 쳐 낼 때마다 기파가 휘몰아치면서 바닥의 포석이 뒤집어지고 흙먼지가 일어난다.

그러나 그 모든 공격이 서하령에게는 닿지 않는다. 그녀는 마치 산책을 하듯이 사뿐사뿐 움직이면서 마곡정의 공격을 피해내고 있었다.

"그만해, 곡정아. 곱게는 안 끝날 거야."

"마음대로 해봐!"

"광견이 다 됐구나. 아마 네 의지는 아니겠지. 화내지는 않을게."

"뭐?"

"좀 맞자. 난 그거 말고 다른 방법은 모르니까."

펑!

순간 공기가 폭발하는 소리가 울리면서 마곡정이 튕겨 나
갔다.

오 장 가까이 튕겨 나간 마곡정이 가까스로 신형을 바로잡고
착지했다. 그 앞으로 서하령이 소매를 털며 천천히 걸어간다.

마곡정이 이를 갈았다.

"큭! 난 이젠 누나 안 무섭다고!"

"안 무서워해도 돼."

서하령은 눈썹 하나 까딱하지 않았다. 이런 상황인데도 긴
장하기는커녕 지루해 보이기까지 한다.

"크르릉! 카아아아아아!"

마곡정이 맹수처럼 포효하면서 달려들었다.

일순 그의 모습이 사라졌다. 한순간에 그 자리를 벗어나서
한참 떨어진 곳의 나무를 박차고, 다시 없어지나 싶더니 위쪽
의 가지를 박차면서 서하령의 뒤쪽에서 달려든다.

형운은 물론이고 천유하조차도 그 급격하고 입체적인 움
직임을 따라갈 수 없었다. 하지만 서하령은 마치 뒤에도 눈이
달린 것처럼 사뿐하게 한 걸음 내딛는 것만으로 그것을 피해

냈다.

퍼엉!

또다시 공기가 폭발하며 마곡정이 나가떨어졌다. 이번에는 균형을 바로잡지도 못하고 땅에 처박혔다가 튀어 오른다.

"으아아아아!"

마곡정이 재차 돌격했다. 움직임으로 현혹시키는 건 포기했는지 수법을 바꾼다. 초고속으로 움직이면서 동시에 천유하가 했던, 은신술을 썼다 안 썼다 하는 방식으로 기척을 현혹시키면서 서하령의 반응을 유도한다. 그러면서 변칙적인 궤도로 일격을 날린다.

팍!

하지만 서하령은 간단하게 그것을 막아냈다. 마치 언제 어딜 공격할지 알고 있었다는 듯 느긋하게 손을 내미는데 거기에 정확하게 마곡정의 주먹이 들이닥친다.

'뭐야?'

형운이 눈을 크게 떴다. 마곡정은 잔상밖에 안 보일 정도로 빠르게 움직였고, 서하령은 느릿느릿하게 움직였다. 그런데 어떻게 저렇게 완벽하게 방어가 성립할 수 있는 것일까?

그 답은 곧 알 수 있었다.

팟! 파팟! 파바바밧!

마곡정이 가속한다. 앞을 가로막은 모든 것을 부숴 버릴 기세로 가속하면서 질풍 같은 권격을 퍼붓는다.

하지만 서하령은 여전히 느긋하게 그것을 모조리 받아낸다.

투학!

어느 순간, 서하령이 연타 중에 하나를 골라서 반격을 먹였다. 손등으로 턱을 올려치자 마곡정이 뒤로 데굴데굴 굴러간다.

"어쨰서야! 내가, 내가 더 빠른데……!"

마곡정이 납득할 수 없다는 듯 중얼거렸다.

그 말대로 분명 마곡정이 서하령보다 훨씬 빠르게 움직이고 있었다. 하지만 서하령은 마치 마곡정이 어느 순간에 어디에서 어떤 행동을 할지를 다 알고 있는 것처럼 행동했다.

"그냥 빠를 뿐이야."

서하령이 시큰둥하게 말했다.

그 말에 형운은 어처구니가 없었다. 아니, 저게 '그냥 빠를 뿐'이라고 일축할 수준인가? 형운의 눈에는 제대로 보이지도 않는데?

그 후로는 일방적인 구타였다. 마곡정에게 다가간 서하령이 마곡정이 공격하는 족족 쳐 내고는 두들겨 팼다.

픽! 퍼억!

"이까짓 거! 간지럽지도 않……!"

퍼엉! 퍼버벙! 콰직!

"끄악! 컹! 캐갱!"

왠지 두들겨 맞는 마곡정이 내는 비명이 점점 개처럼 변해 가고 있었다.

"저, 저거… 죽는 거 아냐?"

천유하의 말에 형운이 침을 꿀꺽 삼켰다.

서하령의 손짓이 가벼워 보이지만 일격이 꽂힐 때마다 공기가 폭발한다. 마곡정이 장난감처럼 날아가서 처박히고, 튕겨 오르고, 날아올랐다가, 추락했다가… 저러고도 살아 있는 게 신기할 정도로 격하게 두들겨 맞았다.

"깨, 깨갱……!"

결국 마곡정이 개처럼 짖으면서 쓰러졌다. 전신에서 피어 오르던 강렬한 힘이 사라지면서 인간의 눈으로 돌아온 그는 완전히 넝마처럼 변해서 부들부들 떨었다.

서하령이 그를 내려다보며 말했다.

"이제 정신 들었지?"

"……."

"정신 안 들었어?"

서하령이 슬그머니 주먹을 들었다. 그러자 마곡정이 흠칫하며 대답했다.

"드, 들었어! 확실하게!"

겁먹은 기색이 역력했다. 아까 전까지 무섭게 전의를 불태우던 모습은 온데간데없고 비굴하게 고개를 숙인 모습을 보고 있자니 참…….

'왠지 내가 막 한심하다.'

저런 놈한테 죽음의 공포까지 느꼈다는 게 농담 같아서 한숨이 나온다.

그때 옆에 있던 천유하가 경악했다.

"별의 힘……! 너도 성운의 기재구나!"

"엥?"

그 말에 형운의 눈이 휘둥그레졌다.

서하령이 성운의 기재라고? 어이가 없어서 서하령을 바라보니 그녀는 피곤하다는 듯 한숨을 쉬고 있었다.

"들켰네. 이래서 안 만나려고 했는데."

"어, 너 진짜로… 성운의 기재야?"

"응. 맞아."

서하령이 순순히 긍정했다.

그 사실에 놀란 것은 마곡정도 마찬가지였다.

"누, 누나가… 성운의 기재라고?"

"응."

"왜 그 사실을 감췄어?"

"사실은 그 별의 힘이 깨어났을 때 너한테 상담하려고 했는데 너가 화내고 가버려서. 그 후로 만나지도 못했고……."

서하령이 난처한 듯 얼굴을 붉히며 손가락을 꼼지락거렸

다. 그 모습을 본 형운은 저도 모르게 생각했다.

'우와, 귀여워!'

환장할 정도로 귀여워 보였다. 당장에라도 달려들어서 막 끌어안아 주고 싶다.

'으, 내가 무슨 생각을.'

사실 조금 전까지 그녀가 마곡정을 무자비하게 구타했던 걸 생각하면 가증스럽다고 해야 할 것이다. 하지만 보면 볼수록 예쁘게만 보이는 건 어쩔 수가 없었다.

서하령이 머뭇거리며 말했다.

"그리고 귀혁 아저씨는 성운의 기재 싫어하니까… 내가 성운의 기재라는 걸 알면 미워할지도 모르잖아."

"……."

고작 그런 이유로?

라고는 말할 수 없었다. 형운은 처음으로 그녀가 자신과 비슷한 또래의 어린 소녀로 보였다.

"쳇, 고작 그런 이유로?"

하지만 마곡정은 형운과 생각이 달랐는지 거침없이 그런 말을 해버렸다. 형운이 발끈했다.

"야, 너……."

하지만 형운은 끝까지 말을 잊지 못했다. 서하령이 주먹을 들어서 마곡정의 머리를 쥐어박았기 때문이다. 꽝 소리가 나면서 마곡정의 고개가 처박혔다.

"……."

폭력적이다! 무서울 정도로 폭력적이다!

문득 천유하가 물었다.

"어떻게 그럴 수가 있지?"

"응?"

서하령이 고개를 갸웃했다. 천유하는 납득할 수 없다는 듯
물었다.

"똑같은 별의 힘을 가졌는데 어째서……."

서하령 역시 별의 힘이 개화한 지는 얼마 안 되었을 것이
다. 하지만 둘 사이의 격차는 비교하는 게 의미가 없을 정도
로 컸다.

서하령이 말했다.

"넌 무공을 익힌 지 얼마 안 된 것 같은데?"

"그렇지 않아. 어렸을 때부터 무공을……."

"하지만 수련이 얕은걸?"

"……!"

놀라는 천유하를 보며 서하령이 눈살을 살짝 찌푸렸다. 뭐
라고 표현해야 할지 고민하는 표정이었다.

"음. 그러니까… 자기 몸보다 커서 헐렁한 옷을 입은 것 같
은?"

"그런……."

천유하는 정곡을 찔린 듯 할 말을 잃었다.

그의 무재는 한마디로 탁월했다. 어떤 기술이든 쉽게 요체를 파악하고, 자신의 능력이 허용하는 선이라면 재현해 낼 수도 있었다. 마곡정의 은신술과 검술을 베껴낸 것도 그런 능력이 있기에 가능했다.

서하령이 말했다.

"상대방의 기술을 보고 베껴내는 건 상대방을 동요시키기에는 좋아. 하지만 네 것은 아니지. 네가 재현할 수 있다고 해서 네 근본과 이어진 것은 아니니까."

모든 무공의 근간에는 명확한 철학이 있다. 방어면 방어, 공격이면 공격… 그 근본이 되는 철학이 있는지라 서로 다른 무공을 섞어놓았을 때 반드시 상승작용을 일으킨다는 보장이 없다. 서로 같은 지점을 목표로 하는 무공이라고 해도 그 성향은 서로 상충될 수 있기 때문이다.

"지금 네가 쓰는 무공은 깊이가 없어. 나는 별의 힘이 없을 때부터 지금까지 내가 배운 것들을 완전히 내 것으로 만들기 위해 노력했는걸."

"그렇군……."

그 말은 천유하에게는 뼈저리게 와 닿았다.

다른 이가 말했다면 반발하며 흘려들었으리라. 하지만 상

대는 그와 같은 재능의 소유자였으며, 어린 소녀의 몸이면서
도 압도적으로 강했다.

'나는 자만에 빠져 있었어.'

별의 힘을 각성한 후, 천유하는 스스로의 재능을 과신하고
있었다. 무엇을 보든지 단번에 요체를 깨닫고 재현할 수 있으
니 무언가를 배운다는 것 자체가 가볍고 시시하게 느껴졌다.

똑같은 것은 흥미 없다.

자신이 익힌 것과는 다른 것, 새로운 것을 원했다.

스승인 진규는 그런 천유하의 태도가 틀리다고 여기지 않
았다. 조검문의 무공이 아니라 어디의 누구인지도 모를 이의
무공을 보고 훔쳐 배워도 무조건 칭찬하기만 했다.

생각해 보면 진규 역시 성운의 기재가 지닌 재능에 눈이 멀
어 있었는지도 모른다. 무공을 익힘에 있어 무엇보다 중요한
것이 기초를 튼튼하게 다지는 것이다. 거목으로 자라나려면
어떤 역경에도 부러지지 않는 강건한 뿌리를 가져야만 한다.

천유하에게는 그런 기초가 없었다.

어린 시절부터 가전 무공을 익혔지만 그때는 천가장의 장
자로서 적당히 연마했을 뿐이다. 어릴 때부터 제대로 된 무문
에서 무공 수련을 생활로 삼았던 이들과는 밀도가 다르다.

그리고 조검문에 입문한 후로도 기초 단련은 별로 성실하
게 하지 않았다. 그런 시시한 것은 적당히 해줘도 남들과는

비교를 불허하는 성과를 낼 수 있었으니까.

하지만 이제 그런 태도가 틀렸다는 것을 깨달았다.

천유하는 서하령에게 정중하게 읍했다.

"고맙다."

"곡정이가 폐를 끼쳤으니까. 그 답례야."

"난 조검문의 제자 천유하야. 괜찮다면 이름을 알려줄 수 있을까?"

"서하령."

서하령은 문득 하늘을 올려다보며 말했다.

"여기서의 일은 모두 그분의 장난이 빚어낸 백일몽(白日夢)이야. 그러니 곡정이를 용서해줘."

"뭐?"

의미를 알 수 없는 말에 형운과 천유하가 눈을 껌뻑거렸다.

하지만 그때… 갑자기 눈에 보이는 풍경이 일그러지기 시작했다.

5

"뭐지?"

형운은 당황해서 주변을 둘러보았다. 주변의 모든 것이 아지랑이 너머로 보이는 풍경처럼 일그러져 보였다. 풍경만이 아니라 자신의 몸까지도.

하지만 그것도 잠시, 곧 모든 것이 정상으로 돌아왔다. 그리고······.

'어? 안 아프잖아?'

방금 전까지만 해도 마곡정에게 맞은 부분이 욱신거렸는데 지금은 하나도 안 아프다. 놀라서 팔을 들어보니 멀쩡하게 잘 움직였다.

천유하를 보니 그 역시 어안이 벙벙해져 있었다. 상처는 물론이고 지저분해지고 여기저기 찢겨져 나갔던 옷까지 멀쩡하다.

귀신한테 홀린 기분이다.

서하령이 말했다.

"곡정이가 너한테 시비를 거는 때부터는 없던 일이나 마찬가지야."

"말도 안 돼! 무슨 일이 일어난 거지?"

"그분의 꿈속으로 우리가 빨려 들어간 거야. 그래서 내가 여기 오기 전의 일까지 아는 거고."

"그분?"

그 말에 서하령은 손을 들어 위쪽을 가리켰다. 그것을 따라서 고개를 들어보니 성도의 탑 위에 떠있는 거대한 돌덩어리가 보인다.

'아.'

천유하는 서하령의 말뜻을 알 수 있었다. 저곳에 있는 거대한 존재가 자신에게 흥미를 갖고 이런 상황을 만들었다. 정확한 원리는 모르지만 인간의 상식으로는 재단할 수 없는, 초월적인 힘이 적용해서 이런 말도 안 되는 일이 벌어진 것이다.

다만 형운은 여전히 이해를 못하고 있었다.

"아니, 저기… 미안하지만 난 무슨 뜻인지 모르겠거든?"

"아직 모른다면 내가 말해줄 수는 없어. 귀혁 아저씨한테 물어봐."

"……."

그때였다. 갑자기 그들의 앞에 불쑥 한 사람이 나타났다.

"유하야! 다치지 않았니?"

순간 형운은 정말 간 떨어지는 줄 알았다.

어떤 조짐도 없이 갑자기 그 자리에 없던 사람이 나타난 것이다. 인간 기환술사가 쓰는 것과는 격이 다른 축지였다.

'이 사람은 뭐지?'

처음에는 그녀가 나타났다는 사실에 놀랐다. 그리고 다음으로는 그녀의 외모에 놀라고 말았다.

머리칼은 투명한 광택이 흐르는 긴 백발이었고 머리에는 사슴의 그것을 닮은, 하지만 얼음으로 만든 것 같은 반투명한 뿔이 나 있었다. 또한 눈동자는 겨울에 내린 눈 위에 그림자가 진 것처럼 옅은 청백색을 띠고 있는데다가 동공조차도 검지 않았다.

누가 봐도 사람의 외모가 아니다. 게다가 그녀에게서는 당장에라도 고개를 조아려야 할 것 같은 압도적인 위엄이 뿜어져 나오고 있었다.

천유하가 말했다.

"괜찮습니다, 운희 님."

"다행이다. 하여튼 저 노인네, 나이 먹고 심술만 늘어서는! 너한테 무슨 일이 생겼으면 우리랑 전면 전쟁이 벌어질 수도 있는데 앞뒤 가리지 않는다 이거지?"

"노인네요?"

"너한테 방금 장난을 친 누군가를 말하는 거란다. 흥."

운희는 성도의 탑 위쪽의 돌덩어리를 노려보면서 말했다. 아무래도 방금 전의 일을 연출한 존재는 그녀와도 인연이 있는 모양이었다.

그렇게 투덜거리던 운희의 시선이 문득 서하령에게 향했다.

"성운의 기재?"

신수의 일족인 그녀는 한눈에 서하령이 성운의 기재임을 알아보았다. 그녀가 물었다.

"이름이 뭐지?"

"서하령입니다. 별의 수호자의 이정운 장로님이 제 조부님이세요."

서하령이 공손하게 대답했다. 운희의 정체는 몰랐지만 한눈에 그녀가 인세의 존재가 아님을 알아보았기 때문이다.

운희가 말했다.

"성운의 기재이면서 대영수(大靈獸)의 직계혈통이라니, 역대 성운의 기재 중에서도 잠재력만으로 이만큼 뛰어난 존재가 드물었던 것 같은데. 흥미롭구나. 언제 한번 황실에 놀러 오도록 해라. 때가 되면 초대장을 보내마."

"영광입니다."

'황실?'

운희가 아무렇지도 않게 말한 '황실'이라는 단어에 형운이 얼어붙었다. 인간으로는 안 보이는 이 존재는 황실에 소속된 존재였단 말인가?

운희가 말했다.

"유하야, 일단 숙소로 가자꾸나. 일은 제대로 마무리했으니."

"아, 네."

운희는 천유하의 대답을 듣자마자 소매를 한 번 펄럭였다. 그러자 그녀의 소매가 확장되면서 그녀 자신과 천유하의 모습을 감싸고, 다음 순간 그 자리에서 사라졌다.

형운과 마곡정이 어안이 벙벙해져 있을 때, 말했다.

"곡정아."

"…응?"

"가자. 안 아프지?"

"어, 그러고 보니……."

서하령에게 떡이 되도록 맞았던 마곡정도 언제 그런 일이 있었냐는 듯 멀쩡했다. 몸을 돌리는 그녀를 따라가던 마곡정은 퍼뜩 정신을 차리고는 형운을 노려보았다.

"야."

"응?"

"나한테 한 방 먹인 거 잊지 않겠다! 다음에는 아주 그냥… 악!"

"그만해. 약한 사람 괴롭히고 다니지 말랬지."

서하령이 돌아서서 마곡정을 한 대 쥐어박았다. 마곡정은 툴툴거리며 그녀를 따라서 사라졌다.

형운은 한숨을 쉬었다.

"여전히 난 '약한 사람'인가……."

서하령에게 약한 사람 취급 안 받을 날은 언제일까?

잠시 멍하니 서 있던 형운은 무슨 생각이 났는지 문득 허공을 보며 말했다.

"호위대 아저씨."

"……."

"아저씨? 좀 나와 보세요."

"……."

"아, 좀 나와 보라니까요."

그제야 형운의 뒤에 있는 나무에 숨어 있던 영성 호위대원이 모습을 드러냈다. 회색 바탕에 검은 무늬가 들어간 영성 호위대의 옷에 얼굴에는 복면을 하고 있었다.

'어라, 지난번이랑 다른 사람이네?'

저번에 형운이 물을 마시는 걸 막았던 호위대원은 복면을 쓰고 있지 않았다.

복면 속에서 약간 불만스러운 목소리가 흘러나왔다.

"아저씨 아닙니다."

"……."

나오자마자 한다는 소리가 그거다. 형운은 잠깐 멍청하니 그를 바라보다가 말했다.

"그럼 형이라고 부를… 아니, 잠깐."

호칭이야 아무려면 어떠랴 싶어서 형이라고 부르려고 하다가 생각해 보니… 뭔가 이상하다?

호위대원의 복면 안쪽에서 흘러나온 목소리는 묘하게 가늘었다.

그리고 자세히 보니 키도 작은 편이고, 드러낸 몸매가 상당히 굴곡이 있다?

"…여자분이세요?"

형운이 당황했다. 자기를 지켜주는 호위가 여자였다니!

영성 호위대원이 무뚝뚝하게 대답했다.

"네."

"어, 호위대 누나라고 부르면 돼요?"

"아뇨. 공자님은 제 윗사람이십니다. 그런 호칭은 거두어 주시고……."

"…그럼 아줌마?"

"……!"

'헉!'

순간 형운은 숨 막히는 압박감을 느꼈다. 은신술 때문에 전혀 기척이 느껴지지 않았던 호위대원에게서 폭발적인 기파가 뿜어져 나왔기 때문이다.

형운은 서둘러 말했다.

"우, 우리 누나로 타협 보죠? 달리 부를 말도 안 떠오르고……."

그 말에 호위대원이 흠칫하며 기파를 거두어들였다. 자기가 윗사람한테 발끈했다는 사실을 뒤늦게 깨달은 것 같았다.

"정 그러시다면……."

"누나, 저번에 절 지키던 아저씨는 어디 갔어요?"

"저랑 교체됐습니다. 지금은 재교육을 받고 있습니다."

"왜요?"

"공자님을 지키는 임무를 제대로 수행하지 못했기 때문입니다. 우선순위를 명확히 하지 못한 점 때문에 징계를 받았다고 들었습니다."

"음......."

확실히 호위 임무를 맡았으면서 마곡정한테 두들겨 맞아서 날아가고 있는데도 구하러 나오지 않은 건 너무했다. 그래놓고서 정작 물을 마시려고 하니 나와서 막은 게 얼마나 얄미웠던가?

형운이 물었다.

"그럼 지금은 누나 혼자서 절 지키는 거예요?"

"제가 여자라서 불안하십니까?"

"아뇨. 그런 건 아닌데......."

민감한 문제였는지 그녀의 목소리가 약간 날카로워졌다.

'어째 이 누나 감정이 격하신 거 같은데......'

처음에 아저씨 아니라고 할 때도 그렇고, 아줌마 소리 들었을 때도 그렇고 감정이 꽤 날카롭게 드러난다. 냉정한 척, 무뚝뚝한 척하려고 애써봤자 전혀 소용이 없지 않은가?

그녀가 대답했다.

"전 낮 시간만 담당하고, 밤에는 다른 대원들에 삼교대로 지키고 있습니다."

"그렇군요. 그런데 혹시 지금 여기서 무슨 일이 있었는지 아세요?"

"……."

"모르는군요?"

"……."

"대답하세요. 이거 호위 임무하고 관련된 거거든요?"

형운은 그녀가 무심한 척하지만 속으로 난감해하고 있음을 눈치채고 추궁했다. 그러자 그녀가 어쩔 수 없다는 듯 대답했다.

"부끄럽게도 파악하지 못했습니다. 공자님께서 풍성의 제자분과 마주쳤을 때 나설 때를 보고 있었는데 갑자기 하령 아가씨께서 나타나 계시더군요."

"그런 식으로 보였군요."

아무래도 서하령이 말한 '백일몽' 속에 들어가지 않았던 사람들에게는 마치 중간 과정이 생략된 것처럼 보였던 모양이다. 그 사실을 깨닫자 등골이 오싹했다.

'도대체 무슨 일이 있었던 거야?'

형운은 두려움을 삼키며 호위대원에게 간략한 상황을 설명했다.

"사실 그게 실제로 일어난 일이었으면 사부님한테 말해서 다 해고해 버릴 테다! 이러고 있었어요."

"으, 으음……."

농담처럼 말했지만 그 속에서 진심이 느껴졌기에 호위대원이 흠칫했다.

형운이 말했다.

"뭐가 뭔지는 모르겠지만 실제로 다친 게 아니니 다행이죠. 하지만 제가 고생한 건 사실이고. 진짜 죽을 뻔했다니까요? 그래서 말인데… 부탁할 게 있는데요."

"무엇입니까?"

"물 한 잔만 마시게 해줘요."

"안 됩니다."

형운의 은근한 부탁을 호위대원은 딱 잘라서 거절했다.

표정을 팍 구긴 형운이 그녀를 빤히 바라보았다. 실로 부담스러운 시선이었다.

"나 진짜 고생했는데… 막 죽을 뻔했는데… 근데 물 한 잔 마시는 것조차 안 된다고요?"

"…아무리 그래도 안 됩니다."

"그러면 나도 석준 아저씨한테 이를 거예요."

"네?"

"저 호위하시는 분께서 저랑 말하다가 막 은신술 풀고 저를 위협하더라고."

"……."

호위대원이 흠칫했다.

주요 인물의 호위임무를 맡은 영성 호위대원에게는 어떤 상황에서도 동요하지 않는 냉정함과 철두철미한 은신술이 요구된다. 그런데 확실히 그녀는 형운 앞에서 그 두 가지 면에서 자격 미달임을 밝히고 말았다.

이 일에 영성 호위대장인 석준에게 들어가면… 그녀 역시 앞서 형운을 호위하던 이와 마찬가지로 호위 임무에서 해임되고 징계를 당하리라. 간신히 손에 넣은 정식 대원 자격도 취소되고 재교육을 받게 될지도 모른다.

당황해서 식은땀을 흘리던 그녀는 눈을 질끈 감더니 말했다.

"그, 그래도 안 됩니다."

"……."

형운이 울상을 지었다. 완전히 죽일 테면 죽이라는 듯한 비장한 각오마저 느껴지는 태도를 보아하니 이건 글렀다. 고작 물 한 잔 마시는 게 이렇게나 큰일이었단 말인가?

'에휴, 내 팔자야.'

형운은 속으로 눈물을 삼킬 수밖에 없었다.

"알았어요. 일 보세요."

"…네?"

"일 보시라고요. 석준 아저씨한테 안 이를 거니까 걱정하지 말고요."

"……."

"아, 진짜 안 이를 거니까 믿어요, 좀."

형운은 투덜거리며 몸을 돌렸다. 호위대원은 잠시 멍청하니 형운의 뒷모습을 바라보고 있다가 곧 자신의 임무를 떠올리고는 은신술로 모습을 감추었다.

제8장
성존(星尊)

성운을 먹는 자

1

 천유하는 그 후로 사흘간 더 별의 수호자 총단에 머물렀다.

 일월성단은 하나를 제조하는 데 막대한 노력이 드는 것은 물론이고 무려 십 년 이상의 시간이 투자되는 귀한 비약이었다. 하지만 그렇다고 하더라도 꾸준히 제조되기 때문에 천유하에게 내주는 게 문제는 아니다.

 "다만 조정 작업이 필요하지. 그래서 사흘이나 걸린 거야."

 "조정 작업이요?"

 운희의 말에 천유하가 의아해했다. 이미 만들어서 보관하고 있는 약에 무슨 조정 작업이 필요하단 말인가?

"일월성단은 일반적으로 떠올리는 비약과는 많은 차이가 있단다. 그건 인세의 물건으로 보기 어려울 정도로 엄청난 힘이 집약되어 있는 물건이지. 언뜻 보면 넌 그게 '약'이라고 생각하지도 못할 거야."

"무슨 말씀이신지 모르겠습니다."

"모르는 게 당연한 일이란다. 직접 볼 때의 즐거움으로 남겨두자꾸나."

얼마 후, 시종이 와서 손님이 찾아왔음을 알렸다. 운희가 들여보내라고 하자 귀혁과 형운이 모습을 드러냈다.

천유하는 둘을 보고 움찔했다. 형운은 그렇다 치고 귀혁이 찾아올 줄은 전혀 예상치 못했기 때문에 기습을 당한 기분이었다.

운희가 말했다.

"오랜만이네, 영성… 아니, 폭풍권호라고 불러야 하나?"

"어느 쪽이든 상관없습니다, 운희 님."

그 말에 천유하가 깜짝 놀랐다.

"폭풍권호? 설마 이존팔객 중 한 명인 폭풍권호를 말씀하시는 겁니까?"

"응. 이 귀혁이 바로 폭풍권호지."

"정말로 폭풍권호란 말인가?"

진규도 깜짝 놀랐다. 그도 지역의 명사지만 팔객의 명성이 가진 무게감은 차원이 다르다.

게다가 폭풍권호는 다른 팔객과 달리 정체가 드러나지 않은 인물이 아닌가? 그런데 눈앞의 중년인이 그라고 하니 놀람이 각별하다.

귀혁이 쓴웃음을 지었다.

"강호상에서 활동할 때는 그렇게 불리고 있소."

"팔객이라니……."

천유하가 혀를 내둘렀다.

동시에 그는 마음 한구석에서 납득하는 자신을 발견했다.

'이 사람이라면, 그 정도는 되어야 한다.'

그날 이후 많은 강호인을 보았다. 하지만 그중 누구도, 스승인 진규조차도 귀혁에게는 비할 바가 못 되었다.

그런 그가 강호 최강의 열 명이라는 이존팔객의 일원이 아니라면 오히려 이상했을 것이다.

운희가 물었다.

"진야(震野) 사건 이후로 처음이지? 그때 당한 상처는 이제 괜찮아?"

"십 년이나 지났으니까요. 걱정해 주신 덕분에 완전히 회복되었습니다."

"후훗. 변함없는 것 같아 기뻐. 인간은 너무 빨리 변하니

다시 만났을 때도 예전과 같다는 건 좋은 일이지."

운희가 미소 지었다.

그 옆에 있는 형운은 조마조마했다. 귀혁에게서 운희의 정체를 들었기 때문이다.

'황실을 수호하는 운룡의 일족이라니.'

하운국의 황실을 수호하는 하늘의 신수, 운룡.

그 권능을 이어받아 황제조차도 공경하는 신수의 일족이 눈앞에 있는 것이다. 그녀가 왜 이토록 압도적인 존재감을 발하는지 이해할 수 있었다.

지금까지 보아온 그 누구보다도 높은 신분의 소유자다 보니 실수해서 결례라도 저지르지 않을까 노심초사하게 된다. 눈에 거슬린다는 이유로 참수형이라도 당하는 거 아닐까?

운희가 말했다.

"여기 왔다는 것은 그대가 이번 일의 조력자로 선택되었다는 거겠지?"

"그렇습니다. 저 말고도 지성과 화성이 참여할 겁니다."

"오성 중에 셋이라… 그 정도면 염려하지 않아도 되겠어. 이 문제에 대해서는 내가 도움이 될 수 없으니……."

운희가 쓴웃음을 지었다.

천유하가 의아해하며 물었다.

"운희 님, 방금 말씀하신 의미를 여쭤보아도 될까요?"

"음. 일월성단은 그냥 꿀꺽한다고 해서 그것을 인간의 그 릇 안에 수용할 수 있는 것이 아니란다. 기반이 마련되지 않 은 인간이라면 그릇 자체가 깨져 나갈 것이고 그렇지 않은 인 간이라도 그 힘을 다 받아들이지 못하고 대부분을 외부로 유 실하게 돼. 그러니 의기상인의 경지에 오른 무인들이 그 힘을 온전히 그릇 안에 채워 넣을 수 있도록 도와줘야만 하고."

"그렇군요. 그런데 어째서 그 문제에 대해서 운희 님이 도 움이 안 되신다는 건지요?"

"그야 난 무공을 모르니까."

"네?"

천유하가 눈을 휘둥그레 떴다. 천유하만이 아니라 진규도 깜짝 놀랐다.

운희가 말했다.

"우리 일족의 힘은 인간의 기술에서 오는 것이 아니야. 인 간이 탐구하고, 무수한 시행착오를 겪고, 그리고 대를 이어 다듬어 가면서 갈고닦아야 할 수 있는 것들이 우리에게는 당 연히 할 수 있는 것들이지. 그러니 내게는 무공이 필요 없고, 따라서 나는 무공을 모르며, 무공을 익힌 인간의 몸속에서 기 를 올바르게 운행시키는 법도 몰라."

운룡족인 운희는 천리안으로 수천 리 밖의 일을 보고, 한순 간에 그곳으로 축지할 수 있다.

하지만 그것은 인간과는 전혀 다른 천성에 의한 것이다. 무공이나 기환술을 연마한 결과가 아니다.

"우리가 할 수 있는 일과 인간이 할 수 있는 일이 다르기에, 서로가 발전시킨 기술도 다르지. 그러니 이 일은 인간에게 맡기는 게 옳고."

그래서 운희는 별의 수호자에 천유하의 일월성단 복용을 위한 조력자를 요청했다. 그렇지 않았다면 천유하는 일월성단을 먹고 죽거나, 혹은 살아나도 거기에 담긴 힘 중 극히 일부만을 자신의 것으로 할 수 있었으리라.

운희가 말했다.

"다른 사람이 아니고 폭풍권호라면 믿을 만하지. 닦달한 보람이 있군."

"별말씀을. 황실의 요청이고 운희 님이 직접 오셨는데 허투루 할 수야 없지요."

"너희가 그렇게 순순히 말 잘 듣는 녀석들이었으면 내가 오지도 않았어. 그래도 일월성단 정도는 요구할 수 있다고 생각했으니까 온 거고."

운희가 코웃음을 쳤다.

그렇게 오늘 진행될 천유하의 일월성단 복용건에 대해서 이야기를 나눈 귀혁이 돌아가기 전, 천유하가 물었다.

"저기… 한 가지 여쭤보고 싶은 게 있습니다."

"무엇을?"

"여기서 서하령이라는 소저를 보았습니다."

"소저?"

그 말에 귀혁의 표정이 이상해졌다. 그가 피식 웃으며 말했다.

"그 아이가 들으면 좋아하겠구나. 슬슬 그렇게 불릴 나이긴 하군. 그런데?"

"혹시 그 소저를 제자로 두고 계십니까?"

"아니다."

귀혁아 고개를 저었다. 천유하가 그럴 줄 알았다는 듯 말했다.

"역시 성운의 기재라서……."

"그건 아니다."

"네?"

"내가 성운의 기재를 제자로 두는 일에 관심이 없는 거야 사실이다만, 네가 알아차리기 전까지만 해도 그 아이가 성운의 기재라는 것을 아무도 모르고 있었다."

이 소식이 알려지자 별의 수호자는 발칵 뒤집어졌다. 설마 성운의 기재가 자기들 안에 존재하고 있었을 줄이야? 그것도 잠재력 면에서 다른 성운의 기재들을 압도하는 존재가!

"그 아이에게 무공을 몇 수 가르쳐 준 적이 있긴 하다만, 사

제지간도 아니고… 그 아이에게는 무공의 사부라는 게 존재하지 않는다."

"그런데 그런 무공을 익혔단 말인가요?"

"다들 지나가면서 몇 수씩 가르쳐 준 걸 연마하더니 그런 경지에 이르더구나. 성운의 기재인 게 밝혀지기 전부터 천재이긴 했지."

"……."

천유하는 할 말을 잃었다.

성운의 기재라면 그 정도는 당연하다. 아마 형운이 성운의 기재였다면, 이제 와서 별의 힘을 각성했다 해도 다른 불리한 여건을 전부 날려 버리고 단기간에 대성했으리라.

하지만 별의 힘을 각성하기 전부터 그 정도 재능이라니…….

귀혁이 말했다.

"그 아이는 나면서부터 성운의 기재의 재능과 비슷한 종류의 재능을 갖고 있었다. 그게 별의 힘을 각성하면서 더욱 빼어나졌을 뿐이지."

"그렇군요. 그렇다면 그녀는… 다른 성운의 기재보다 뛰어난 겁니까?"

"아마도. 그러나… 운희 님이 말씀해 주시지 않더냐?"

"무엇을 말입니까?"

"언제나 성운의 기재는 한 시대에 여럿이 태어났다. 많을 때는 열 명이 넘을 때도 있었지. 그리고 그중에는 다른 이들을 압도적으로 능가하는 이도 있었다. 바로 전 세대만 하더라도 그랬지. 하지만 지금 살아남은 자가 누구더냐?"

"무상검존 나윤극……."

"그래, 순수한 인간의 혈통인 그다. 나머지는 시대가 불러온 풍운 속에서 모두 죽었지."

"……."

그 말은 성운의 기재인 천유하에게는 굉장히 의미심장하게 들렸다.

'너는 무상검존 나윤극과 마찬가지로 순수한 인간 혈통의 성운의 기재다.'

이런 의미가 아니라…….

'그 시대에 태어난 성운의 기재 중에 살아남은 것은 그 하나뿐이다.'

이런 의미로 들렸기 때문이다.

오십 년에 한 번씩 적어도 다섯, 많으면 열 명 가까운 수의 성운의 기재가 태어나서 세상을 격동시켰다. 그들은 하나하나가 절세의 재능을 보유했고 세상에 커다란 궤적을 남겼다.

하지만 그들 중에 살아남아서 활동하는 자는 극소수다. 어떤 시대에는 모든 성운의 기재가 다음 세대의 성운의 기재들이 태어나기 전에 전멸하는 경우도 있었다.

귀혁이 말했다.

"흔히 성운의 기재는 천명을 지닌 존재라고들 하지. 네가 겪고 있는 일만 봐도 그건 확실히 옳은 소리일지도 모른다."

천유하가 성운의 기재로 각성하니 그 재능을 노리고 많은 이가 모여들어 격전을 벌였다. 그 와중에 흉명을 떨친 마인 흑수귀가 귀혁에게 처단되는 사건도 있었다.

그리고 천유하가 조검문의 제자로 들어간 후 큰 사건이 벌어졌다. 황족인 예령공주가 지방으로 나들이를 나왔다가 황실에 반감을 품은 흉적들에게 쫓겨 위기에 처하고, 천유하를 만나서 목숨을 구했던 것이다.

귀혁이 말했다.

"그러나 그 천명은 은혜만 주는 게 아니다. 시련이기도 하지. 너희를 덮칠 풍운을 비상의 기회로 삼을 수 있을지, 아니면 그 속에서 죽어갈 것인지는 알 수 없는 일이다. 그러니 부디 현명해져라."

"네?"

예상치 못한 충고에 천유하가 의아해했다. 귀혁이 말했다.

"너는 좋은 눈을 가졌다. 내가 구했던 아이는 그런 눈을 하고 있지 않았지. 지금 네 눈은 자신을 알고, 세상을 알고, 무엇을 해야 할지 아는… 의지를 가진 사람의 눈이다."

"서 소저에게 많이 배운 덕분입니다."

"그 아이는 예전부터 나이에 어울리지 않는 혜안이 있었지. 나로서는 기쁜 일이군."

"어째서입니까?"

"네가 이 일로 인해 내 제자가 넘을 가치가 있는 장벽이 될 수 있을 테니까."

"하……."

순간 천유하는 자기도 모르게 웃음을 터뜨렸다.

"하하하."

이렇게 오만한 말은 처음 들어본다. 성운의 기재인 그를, 자신이 기르는 제자의 장벽 정도로밖에 보지 않는단 말인가?

천유하가 귀혁을 보며 말했다.

"말씀대로 정진하겠습니다. 하지만… 언젠가는 당신을 넘어설 겁니다."

"애석하지만 그런 날은 오지 않을 것이다. 네가 성운의 기재이며, 스스로의 재능을 존귀하게 생각하는 한."

"네?"

귀혁의 말에 천유하는 어리둥절해했다.

그 말은 얼핏 들으면 천유하가 아무리 노력해 봤자 귀혁을 이길 수 없다는 것으로 들린다. 그러나 아주 미묘한 속뜻을 담고 있는 듯했다.

'내가 내 재능을 존귀하게 생각하는 한?'

의미를 알 수 없는 말이다. 혼란스러워하는 천유하에게 귀혁이 말했다.

"네가 아무리 노력해도, 그리고 그 노력으로 무엇을 이루어도… 애당초 내가 이루고자 하는 것과는 견줄 대상이 아니라는 뜻이다. 서로 보고 있는 것이 전혀 다르기 때문이지."

"죄송하지만 말씀의 의미를 잘 모르겠습니다."

"이해할 필요는 없다. 다만 이것만은 새겨두어라. 네가 스스로의 힘을 겨뤄야 할 것은 내가 아니라 내 제자이니라. 내 제자야말로 내가 진정으로 추구하는 결과물이니까. 그럼 이만."

귀혁은 그 말을 끝으로 몸을 돌려서 나가버렸다. 잠시 멍청하니 서 있던 천유하는 아직 남아 있던 형운을 발견했다.

"아, 미안해. 인사도 못했군."

"아니, 괜찮아."

"표정이 왜 그래?"

"그게……."

천유하가 의아해한 것은 형운이 잔뜩 움츠러들어 있기 때문이었다. 형운이 목소리를 낮추어서 속삭였다.

"황실에서 나온 분한테 실례라도 저지르지 않을까 해서."

"음?"

그 말에 반응한 것은 천유하가 아니라 운희였다. 그녀가 형운을 보더니 말했다.

"난 황실의 예법에는 신경 쓰지 않으니 그냥 편하게 있어도 된다."

"그, 그렇지만……."

"그렇게 불편한가? 그럼 잠시 자리를 피해주마."

그러더니 꺼지듯이 사라져 버렸다. 축지로 공간을 뛰어넘은 것이다.

형운이 당황했다. 자기 때문에 높은 분께서 자리를 뜰 줄이야?

"어, 이거 내가 엄청 큰 실수한 거……."

"아닐 거야. 운희 님은 겉과 속이 다른 분이 아니거든."

천유하 역시 처음 운희를 만났을 때는 그 압도적인 존재감 때문에 위축되기도 했고, 자기가 뭔가 언사를 실수해서 큰일이 나지 않을까 걱정하기도 했다. 하지만 좀 같이 지내보니 그녀가 황실 소속이라는 게 믿어지지 않을 정도로 자유분방함을 알 수 있었다.

천유하가 말했다.

"어쨌든… 고맙다."

"뭐가?"

"이번에 있었던 일들."

"없었던 일이 됐는데 뭘. 은인이니 뭐니 하지 마. 닭살 돋는다."

"그런가? 그래도 고맙다."

형운이 손사래를 치자 천유하가 쓴웃음을 지었다.

한때는 형운을 원망하기도 했었다. 조검문의 무공이 스스로의 그릇을 채우기에는 부족하다고 여겼기 때문이다. 그런 생각을 갖게 되니 귀혁에게 선택받지 못했던 일이 더욱 아프게 다가왔다.

'이놈만 없었다면.'

그런 생각을 하기도 했다.

하지만 여기 와서 그런 생각을 버렸다. 형운이 없었다 한들 귀혁은 자신을 선택하지 않았을 것을 알았으니까. 그리고 자신이 얼마나 위험한 오만에 빠져 있었는지도.

천유하가 물었다.

"혹시 너도 일월성단이라는 걸 취했어?"

그렇게 물은 것은 형운의 내공 성취가 믿을 수 없을 정도로 빨랐기 때문이었다. 운룡족인 운희조차도 인정하는 효능을 가진 일월성단을 취했다면 그럴 수도 있지 않을까?

형운이 대답했다.

"아니."

"그래?"

"사부님 말씀으로는 내가 지금 그걸 먹으려고 했다가는 죽을 거라는데?"

"응?"

"일월성단은 알맞은 그릇을 갖지 못한 자는 감히 취할 수 없다더라고. 언젠가는 내 것이 될 수도 있겠지만 그게 지금은 아니라고 말씀하셨어."

"그렇군."

"참고로… 음. 기분 나쁘게 듣지 말았으면 좋겠는데, 너 지금 내공 수위가 2심이라며?"

"…그렇다만?"

천유하가 눈살을 찌푸렸다. 상대의 무공에 대해서 캐는 것은 무인들 사이에서는 칼부림이 날 수도 있는 결례였다. 형운의 의도를 알 수 없으나 불쾌감이 드는 건 어쩔 수 없었다.

형운이 조심스레 말했다.

"사실 너 정도 내공 수위로 일월성단을 먹었다가는 살아날 수가 없대."

"뭐?"

"하지만 너는 성운의 기재라서 옆에서 받쳐주는 사람들만 있으면 괜찮을 거라고도 하시더라. 성운의 기재는 내공 수위와는 관계없이 보통 인간과는 잠재된 그릇이 다르다나."

형운이 진심으로 부러워했다. 천유하는 상식을 초월하는

내공의 진전을 얻은 형운이 자신을 부러워하는 이유를 이해할 수 없었으나, 사실 그 이면에는 귀혁이 해준 말이 있었다.

"네가 성운의 기재였다면, 지금 겪는 일들 대부분은 필요가 없었을 테지."

약선도, 용융보의도, 그리고 매일 밤 잠자리에서 맞이해야 하는 고통도 필요 없었으리라.

그 말이 형운에게는 그렇게 아플 수가 없었다.

"난 네가 진짜 부러워."

"내가 성운의 기재라서?"

"그렇긴 한데… 아마 네가 생각하는 것과는 좀 다른 이유일걸."

"뭐?"

"넌 적어도 시원한 물은 마음껏 마시고 살 수 있잖아. 그거 축복받은 거다, 진짜."

형운이 한숨을 푹 쉬었다. 천유하는 전혀 의미를 알 수 없었지만 왠지 그 모습에서 함부로 말할 수 없는 삶의 애환을 느꼈다.

"…뭔지는 모르겠지만 힘내라."

"고마워. 그럼 오늘 일 잘 치르고. 다음번에 볼 때는 마곡정 그놈을 쥐어 팰 수 있는 고수가 되어 있으라고."

"꼭 그렇게 하지."

천유하는 형운과 악수를 나누었다.

2

별의 수호자는 발칵 뒤집어졌다.

서하령이 성운의 기재임이 밝혀졌기 때문이다.

지금까지 그녀는 어디에도 소속되어 있지 않았다. 이 장로의 손녀로서 귀하게 대접받았을 뿐이다. 하지만 일단 성운의 기재임이 밝혀지자 그녀의 처우를 놓고 난리가 났다.

이런 상황이다 보니 형운은 완전히 잊혀졌다.

바로 전날까지만 해도 다들 형운을 한 번이라도 보고 싶어 했는데 마치 그게 다 꿈이고 환상이었던 것 같았다. 형운 본인이야 모르는 일이었지만 귀혁은 왠지 불쾌해졌다.

'하여튼 무슨 일만 났다 하면 우르르 몰려가는 줏대 없는 것들.'

형운은 그의 눈치를 살피고 있었다. 심기가 불편해 보이는 것도 이유였지만, 그보다는 그가 지쳐 보인다는 점이 더 컸다.

'사부님 안색이 저렇게 나쁜 건 처음 봤어.'

천유하가 일월성단 중 태양의 단약을 취하는 것을 도운 후, 귀혁은 명백히 초췌해져 있었다. 형운이 봤을 때도 안색이 안 좋아보일 정도면 정말 문제가 있다는 것이다.

그 후로 사흘이 지났는데도 귀혁의 상태가 여전하자 형운이 마음을 정하고 조심스레 물었다.

"사부님."

"음?"

"괜찮으신 거예요? 안색이 영 안 좋으신대……."

"네가 보기에도 그렇느냐?"

귀혁이 피식 웃었다. 형운이 자신을 걱정해 주는 상황은 처음인지라 기분이 묘했다.

'나쁘진 않군.'

여태까지 누구한테 얕보이는 게 죽기보다 싫었다. 그런데 제자가 자신을 걱정해 주니 가슴 한구석이 간질거리는 게 의외로 괜찮은 기분이다.

"걱정할 것 없다. 가벼운 내상일 뿐이니까. 며칠만 있으면 완전히 회복될 거란다."

"천유하 때문에 내상을 입으신 거예요?"

"그래, 운 장로한테 한 방 먹었다."

"네?"

"원래는 이번 일에는 더 많은 인원이 필요했다. 일반적으로 일월성단을 취하는 경우였다면 오히려 과한 수준이었다고 하겠지만 그 대상이 성운의 기재일 경우는… 이건 나를 엿 먹이려고 계략을 꾸몄다고밖에 할 수 없지."

천유하의 일월성단 섭취를 위해 귀혁과 지성, 화성 세 명이 동원되었다. 세상에는 그 전력을 드러내지 않았지만 지성과 화성 역시 팔객과 필적하는 고수들이었다.

문제는 천유하가 성운의 기재였다는 것이다.

성운의 기재가 일월성단을 취했을 때의 반응은 상상을 초월했다. 그 몸에 잠재된 별의 힘이 일월성단을 접하며 어마어마한 반응을 일으켰다. 팔객급 고수 세 명이 모여서도 감당할 수 없을 정도로.

"지성과 화성은 나보다 상태가 훨씬 안 좋다. 화성은 한두 달은 정양해야 할 것이고 지성은… 어쩌면 은퇴할지도 모르지."

오성은 필요하면 투입할 수 있는 전력이어야 했다. 따라서 지나치게 오랜 시간 동안 활동이 불가능한 상황에 처하면 그 자리를 내줄 수밖에 없었다.

아마 지성이 은퇴할 경우, 그 자리를 계승하는 것은 운 장로의 입김이 닿은 자가 되리라.

귀혁은 처음부터 모든 게 계획적이었음을 꿰뚫어 보았다.

그 근거는 바로 별의 수호자에는 성운의 기재에게 일월성단을 주었을 때 어떤 일이 벌어졌는지 기록이 남아 있었다는 것이다. 그러나 귀혁은 물론이고 다른 오성들도 이 정보를 받지 못하고 그저 성운의 기재가 아닌 이들이 일월성단을 취했을 때의 기록을 토대로 이 일에 임했다가 낭패를 당했다.

이것은 운 장로가 정보를 의도적으로 차단했다고밖에 볼 수 없었다. 게다가 운 장로는 그 전전날까지만 해도 총단에 있었던 풍성을 다른 임무에 투입해서 외부로 보내 버리기까지 했다.

'멋지게 한 방 먹었어.'

하지만 운 장로 입장에서도 이번 일은 예상 밖이었을 것이다.

'천만다행이라면서 안도의 한숨을 내쉬었겠지.'

그 역시 이 정도로 사태가 커질 줄은 몰랐을 것이다. 다들 적당히 내상이나 입고 끝날 줄 알았겠지.

귀혁이 아니었다면 이 일에 참여한 오성 셋이 모두 은퇴해야 할 상황이거나 혹은 죽었을 수도 있다. 그리고 천유하 역시 파탄을 맞이했을 터.

그건 도저히 뒷감당이 불가능한 사태다. 무엇보다 황실의 분노를 어찌할 것인가?

'결과적으로 적의 배를 불려준 꼴이니 정말이지 속이 쓰리군.'

귀혁의 심기가 불편한 것은 형운에 대한 관심 문제보다도 그 이유가 훨씬 컸다.

귀혁은 이 일에 대해서 가감 없이 형운에게 모든 것을 말해 주었다. 자신의 후계자가 될 형운이 어리다는 이유로 이 일을 듣지 못할 이유가 없다고 봤기 때문이다.

형운은 어처구니가 없었다.

"세상에. 아무리 그래도 그렇지… 사람이 죽든 말든 상관 없이 그런 음모를 진행했다 이건가요?"

"권력에 미친 인간은 그런 법이다. 우리 조직에는 절대적인 수장이 계시지만 그분은 인세의 일에 관여하시는 경우가 거의 없지. 그러다 보니 결국은 권력을 잡은 인간이 이 거대한 조직을 자기 맘대로 할 수 있거든."

"절대적인 수장이요? 그런 분이 있었어요?"

여기 온 지 삼 개월이 넘었지만 처음 듣는 소리다. 지금까지 형운은 별의 수호자 조직 구조상 제일 높은 건 장로회라고 생각하고 있었다.

귀혁이 피식 웃었다.

"이 조직 안에 서로 다른 뜻을 가진 이가 얼마나 많은데 우두머리도 없이 제대로 굴러가겠느냐? 하지만 네 인식도 틀리다고 할 수는 없다. 성존(星尊)께서는 웬만해서는 인세의 일에 관여하지 않으시니까."

"성존? 그분을 그렇게 부르나요?"

"그렇다."

"인세의 일에 관여를 안 하신다면… 그분은 인간이 아니신 건가요?"

"인간보다 훨씬 오랜… 까마득한 시간을 살아오신 분이지. 참고로 네가 천유하와 함께 겪은 백일몽도 그분이 하신 일이다."

"아."

그때의 일은 아무리 생각해 봐도 이해할 수 없는 이적이었다. 그런 일을 한 존재가 인세에 속하지 않았다면 그건 놀랍기보다는 납득이 간다.

귀혁이 말했다.

"하지만 워낙 밖으로 나서는 일이 없으시기 때문에 그분의 존재를 모르는 이가 더 많단다."

"그건 뭔가 이상하지 않나요? 자기 조직의 수장이 누구인지 모른다니……."

"그분은 인간의 잣대로 이해하기 힘든 분이다. 뭐 일단은 그렇게만 알아두거라. 그분이 흥미를 보이지 않는 한 그분을 볼 일도 없을 테니."

그렇게 말하는데 더 캐물을 수는 없는 노릇이라 형운은 입을 다물었다.

잠시 어색한 분위기가 흐르자 형운이 다른 이야기를 꺼냈다.

"그러고 보니 천유하는 어떻게 되었나요?"

"일월성단을 취한 결과 말이냐? 성공했다. 현시점에서 내공 수위는 3심이지."

"네? 그거밖에 안 돼요?"

형운이 놀라서 물었다. 3심의 내공은 결코 적은 게 아니다. 하지만 직전에 2심이었던 천유하가 그렇게 대단하다는 비약을 먹었는데 그거밖에 안된단 말인가?

귀혁이 말했다.

"내공 수위는 그렇게 한순간에 늘어나는 게 아니다. 일월성단의 기운을 그 몸에 담아두는 데 성공했으니 이제부터는 내공심법을 통해서 그것을 체화하면서 빠른 속도로 늘어나겠지. 아마 이삼 년만 지나도 4심을 넘어서 5심을 바라볼 게다."

기심이라는 그릇은 쉽게 형성되는 게 아니다. 아무리 많은 기운이 체내에 잠재된다고 하더라도 그것을 내력으로 바꾸어서 기심을 형성하기까지는 부단한 노력이 요구된다. 그렇기에 형운 역시 매일 약선과 비약을 먹으면서도 아직 원천기심밖에 이루지 못한 게 아닌가?

귀혁이 말을 이었다.

"하지만 걱정할 필요 없다. 그 정도 격차는 금방 따라잡을 수 있으니까."

"……."

의미심장하게 웃는 귀혁을 보면서 형운을 침을 꿀꺽 삼켰다.

귀혁은 허언을 하지 않는다. 저렇게 자신만만한 태도를 보건데 분명 확신이 있으리라.

'하긴 일월성단이 아무리 잘나봤자 그냥 비약 하나지?'

그에 비해 형운은 삶 그 자체가 영약을 먹고 마시고 흡입하는 경험이라고 해도 과언이 아니다. 이런데도 일월성단 하나의 효능을 못 이긴다면 억울해서 살겠는가?

형운은 다시 화제를 돌렸다.

"사부님, 무심반사경 말인데요."

마곡정과 싸웠을 때, 무심반사경을 성공시킨 이야기를 하자 귀혁이 흐뭇해했다.

"실전에서 써먹을 정도가 됐구나. 슬슬 다른 기술도 배워도 될 것 같다."

"어떤 기술인가요?"

"1단계에서 써먹을 수 있는 기술들은 대체로 무심반사경의 연장선에 있다. 예를 들면 몸을 사전에 설정해 둔 대로 움직이는 게 가능하지."

즉 특정한 행동을 설정해 두면 자기가 인식해서 조작하는 것보다 빠르게 움직이는 게 가능하다는 것이다. 스스로의 몸을 꼭두각시처럼 조작한다고나 할까?

"언뜻 보면 이런 기술을 어디다 써먹을까 싶다만, 의외로 써먹을 데가 많단다. 의식과 행동을 완전히 분리시킬 수 있기 때문에 적을 현혹시킬 수도 있고 독에 당하거나, 혹은 다른 이유로 신체기능이 둔화되었을 때도 원하는 움직임을 끌어내는 게 가능하지."

"극한 상황에서는 도움이 되겠군요."

형운은 귀혁에 의해서 아주 다양한 상황을 겪고 있었다. 기환진 속에서 다양한 목각인형을 상대하는 것도 그렇지만, 일부러 신체 일부를 마비시키거나 기의 흐름을 둔화시키거나, 지친 상태에서 적과 맞서야 할 때도 있었다.

이유는 간단했다.

'자질이 부족한 인간이 대응력을 기르려면 경험을 해봐야 한다.'

뛰어난 감각의 소유자라면 자기가 겪어보지 못한 상황이라도 민첩하게 대응한다. 하지만 대다수의 인간은 미지의 상황에 맞닥뜨리면 당황해서 자신의 능력을 제대로 발휘하지 못한다.

그러니 수련에서도 최대한 다양한 상황을 경험하고, 궁지에서 탈출하는 법을 배울 필요가 있다. 그것이 귀혁의 지론이었다.

귀혁이 말했다.

"하지만 그런 일이 있었다니, 마곡정 그놈은 정말 어디로 튈지 알 수가 없는 놈이군."

"아무리 봐도 생각이 모자란 녀석 같던데요."

"영수의 혈통은 그런 경우가 좀 있다. 짐승의 본능이 이성보다 앞서는 경우라고나 할까?"

"상식을 기대하면 안 된다 이거군요."

"그래, 그러니 언제 어느 때 만나더라도 스스로를 지킬 수 있어야 한다. 그럼 다시 수련을 해보자꾸나."

"네."

두 사제는 다시 수련에 돌입했다.

3

형운은 꿈을 꾸었다.

기이한 꿈이었다.

평소 형운은 자기가 꾼 꿈의 내용을 기억하지 못한다. 슬픈 꿈을 꾸든 웃긴 꿈을 꾸든 깨고 나면 다 잊어버린다. 꿈의 내용이 인상 깊게 남아 있었던 적은 한 번도 없었다.

그런데도 이 꿈이 그동안 수도 없이 꾸어온 꿈과는 다른 이

질적인 경험이라는 것을 확신할 수 있었다.

꿈에서 형운은 한 번도 보지 못한 곳을 걷고 있었다. 나무 한 그루 자라지 않은 삭막한 바위산 한가운데를 걷고 또 걷는다.

마치 그 앞을 인도하듯이 안개가 흐르고 있었다. 형운은 자기가 왜 그러는지도 모르는 채 안개의 흐름을 따라서 계속 걸어갔다.

그러다가 마침내 도달했다. 산 한가운데, 이질적일 정도로 둥글게 패여 있는 지형에.

그곳에 별이 있었다.

'별? 저게?'

형운은 자신의 생각에 의아해했다.

직경이 수백 장도 넘는, 반구형으로 패인 지형 한가운데 거대한 돌덩어리가 있었다. 기이하게도 희미한 푸른빛을 발하는 그 돌덩어리의 크기는 어마어마해서 가까이 가지 않아도 웬만한 성채보다도 더 거대함을 알 수 있었다.

형운은 그것을 보는 순간, 그것이 별이라고 생각했다.

'떨어진 별.'

저것은 저 아득한 하늘에서 지상으로 추락한 별이다. 근거는 전혀 없지만 그런 생각이 들었다.

형운은 홀린 듯이 비탈을 걸어 내려갔다. 마치 저 별이 그를 부르고 있는 것 같았다.

그리고… 그것에 가까이 간 형운은 한층 더 기묘한 광경을 목격했다.

'사람이 있잖아?'

떨어진 별 위에 한 사람이 앉아 있었다.

가부좌를 틀고 앉은 채 명상을 하듯 눈을 감고 있는 청년이었다. 백색 바탕에 검푸른 문양이 들어간 옷을 입은 청년은 눈처럼 흰 피부에 은색 머리칼을 가졌는데, 바람 한 점 없는데도 그 머리칼이 하늘하늘 휘날리고 있었다.

문득 그가 눈을 떴다. 짙푸른 눈동자가 먼 곳에 있는 형운을 굽어보았다.

그의 눈을 보고도 형운은 별로 놀라지 않았다. 마곡정과 서하령을 본 경험이 있었던 데다가 청년의 외모는 눈을 감고 있을 때도 충분히 이질적이었기 때문이다.

"음?"

그는 눈살을 찌푸렸다. 그러더니 부드러운 어조로 물었다.

"어떻게 여기에 왔지?"

서로 간의 거리는 멀다. 그런데 전혀 목소리를 높이지 않는데도 형운의 귀에 명확하게 와 닿았다.

형운이 조심스레 물었다.

"저기, 이거 꿈 맞죠?"

"…응?"

청년이 어이없어했다.

다음 순간 형운은 청년의 앞에 와 있었다.

'어?'

분명히 자신은 별 아래서 청년을 올려다보고 있었다. 그런데 눈 깜짝하자 그의 앞에 와 있다니? 축지로 공간을 뛰어넘은 것일까? 아무런 조짐도 없었는데?

하지만 형운과 달리 청년은 전혀 놀라는 기색이 아니었다. 그는 신기해하면서 형운을 관찰했다.

"들어오려고 들어온 게 아니군. 정말 우연히 서로의 꿈이 겹쳐진 건가?"

"어, 그러니까 꿈 맞죠?"

"맞다. 꼬마야, 너 날 알고 있냐?"

"모르는데요?"

"진짜군. 아니, 잠깐."

청년이 형운을 유심히 들여다보았다.

"그렇군. 내 백일몽에 들어온 적이 있는 녀석이야."

"네?"

"누군가 내 존재를 알려주어서 내 존재를 인식하고, 그 결과 성몽(星夢)으로 끌려 들어왔나? 이런 경우가 다 있군."

"저기… 무슨 말씀을 하시는 건지 모르겠는데요."

"몰라도 돼."

"……."

"표정이 불손하구나. 흠. 뭐, 좋아. 이름 정돈 들어주마. 아마 까먹겠지만."

"그런 분한테 이름 알려드리고 싶지 않거든요?"

"형운이라. 이름 한번 평범하다. 기억하기 어렵겠어. 아마 내일쯤이면 까먹을 거야."

"어, 어떻게?"

"인간의 심상이야 대부분 그냥 노출되어 있으니까. 그냥 보여."

청년이 피식 웃었다.

동시에 주변 풍경이 일변했다.

하늘의 빛이 사라지면서 모든 것이 어둠에 잠긴다. 그 속에서 오로지 땅에 떨어진 별만이 희미한 빛을 발하고, 그 속에서 무수한 글자가 떠올라서 주변에 떠다니기 시작했다.

'아…….'

기괴하면서도 아름다운 광경이다. 형운은 홀린 듯이 그것들을 바라보았다.

청년이 손을 뻗자 그 글자들이 춤을 추었다. 무서운 속도로 허공에서 위치를 바꾸어서 재배치되면서 그중 일부가 청년에게로 빨려 들어갔다.

곧 청년이 말했다.

"호오, 귀혁의 제자였군? 네가 이번 대의 '성운을 먹는 자' 냐?"

"…엥? 그게 뭐예요?"

"귀혁이 가르쳐 주지 않았나?"

"안 가르쳐 주셨는데요? 사부님을 아세요?"

"알지. 한때 나한테 도전하기까지 했던 애송이니까. 그 정도로 막나가는 놈이 드물었어. 그게 언제였더라?"

"네?"

형운이 깜짝 놀랐다. 이 청년은 마치 귀혁을 어린애처럼 이야기하고 있었다.

'아, 뭐 꿈이니까 그럴 수도 있지만…….'

"정말이지 아는 게 없는 애송이로군. 하긴, 워낙 얼빵하니 그럴 만도 해."

"누가 얼빵하다는 거예요? 누가?"

"바로 너."

청년은 그렇게 말하고는 다시 눈을 감았다.

"이제 돌아가라. 의도한 것도 아니면서 여기 와 있어봤자 좋을 거 없으니까. 아마 다 잊어버리겠지만, 네 이름을 들었으니 내가 누구인지는 알려주마."

청년의 말과 함께 주변 풍경이 일그러지기 시작했다. 동시에 형운과 그의 거리가 무시무시한 속도로 멀어져 갔다. 사람은 전혀 움직이지 않는데 주변 풍경만이 말도 안 되는 속도로 흘러간다.

까마득하게 멀어진 청년의 마지막 목소리가 형운의 귓가에 닿았다.

"나는 이름을 잃은 자."

그렇게 말하는 청년의 목소리는 왠지 쓸쓸하게 들렸다.

"그리고 대신 성존이라는 낯간지러운 칭호로 불리는 사나. 그러니까 어디 가서 내 이름 안다고 자랑하지 말도록. 이건 기억해 두면 좋겠는데 아마 안 되겠지?"

꿈은 그렇게 끝났다.

4

"……."

아침에 깨어난 형운은 잠시 멍청하니 허공을 바라보고 있었다.

그러다가 불현듯 중얼거린다.

"…뭐였지?"

뭔가 의미심장한 꿈을 꾼 것 같은데 내용이 기억나지 않는다. 언제나 그랬지만 이번에는 왠지 그 사실이 굉장히 답답하다.

"에잉. 그래 봤자 개꿈이겠지."

한창 끙끙거리던 형운은 결국 집착을 털어버리고 자리에서 일어났다.

또 오늘의 힘든 일과를 시작할 때였다.

제9장
수련의 의(衣), 식(食), 주(住)

성운을 먹는자

1

형운의 생활은 규칙적이었다.

휴일을 제외하면 언제나 아침에 일어나서 밥을 먹고, 오전 수련을 하고, 잠시 휴식을 취한 뒤에 다시 밥을 먹고, 오후 수련을 하고, 휴식을 취하고, 저녁 수련을 하고…….

그러다 보면 시간이 어떻게 지나갔는지도 모르게 하루가 끝난다.

수련 내용은 매일 변한다. 하지만 한 가지 공통점이 있었다.

'절대 편해지지 않는다.'

귀혁은 형운을 수련시킴에 있어서 '익숙해져서 편해지는' 상황을 절대 허락하지 않았다. 한 가지 유형에 좀 익숙해진다 싶으면 바로 다른 유형을 적용한다. 그래서 형운은 언제나 새로운 자극에 시달리면서 허우적거려야 했다.

귀혁이 물었다.

"무공을 익히는 데 있어 재능이란 뭐라고 생각하느냐?"

"뭐든지 빨리 익히는 능력 아닐까요?"

형운은 천유하를 떠올리며 대답했다.

마곡정과 대결했을 때의 천유하는 과연 성운의 기재라는 말이 절로 나오는 모습을 보여주었다. 형운이 막연히 생각하던 '재능'이라는 말이 현실에 구체적인 모습을 갖추고 튀어나온 것만 같아서 충격을 받았다.

귀혁이 고개를 끄덕였다.

"학습 능력 역시 중요한 재능 중에 하나지. 하지만 그게 전부는 아니다. 예를 들면 뛰어난 육체가 있다."

형운이 아는 이 중에는 마곡정이 좋은 예가 될 것이다. 남들이 필사적으로 무공을 연마해야 도달할 수 있는 수준의 육체 능력을 처음부터 갖추고 있는 데다가 잠재 능력은 더 큰 경우다.

"그리고 감각이 있다."

"오감을 말씀하시는 건 아니죠?"

"그렇다. 몇 가지 예를 들자면 자신이 익힌 기술을 활용하는 능력과 미지의 상황을 대했을 때 거기에 대응하는 능력이 있다."

인간은 자신의 경험을 근거로 응용력을 발휘해서 새로운 상황에 대응한다. 경험이 적으면서도 새로운 상황에서 해법을 척척 내놓는 것이야말로 재능이라고 할 만하다.

귀혁이 말했다.

"이미 알다시피 네게는 그런 재능이 없다."

그 말에 형운의 표정이 구겨졌다. 하지만 상처받았다기보다는 그냥 슬슬 이런 말 듣기 지긋지긋하다는 표정이었다.

'사부님도 참. 매번 이런 말씀을 반복하셔야 하나? 쳇.'

처음에는 그저 하늘 같기만 했던 사부인데 요즘 들어서 이런 말을 들을 때마다 속으로 투덜거리게 된다.

하긴 형운이 이곳에 온 지도 어언 반년이 지났다. 그동안 심심하면 이런 소리를 들었으니 그럴 만도 하다.

귀혁은 그런 형운의 내심을 읽었는지 피식 웃었다.

"그러니까 끊임없이 다양한 자극을 가하고, 다양한 상황을 경험하고, 다양한 궁지를 극복해야 하는 것이다. 그저 똑같은 것을 반복해서는 안 된다. 그것만으로는 절대 강해질 수 없다."

무공을 터득함에 있어 가장 중요한 것은 반복 숙련이다. 기초를 공고히 다지고, 기술의 숙련도를 높여가는 과정 없이는 상승무공을 이룰 수 없다.

그야말로 정론이다. 그러나 그것만으로는 부족하다.

"기억해라."

반복은 스스로의 중심을 공고히 하는 과정이다. 아무리 뛰어난 무인이라도 수련을 게을리하면 감각이 무뎌진다. 언제나 자신의 중심을 잊지 않고 철저하게 유지해야 한다.

"생각해라."

그저 반복하는 것이 아니라, 더 나은 한 수를 위해 반복해라. 이번의 한 수가 이전의 한 수보다 낫도록, 그리고 다음의 한 수가 이번의 한 수보다 나아지도록!

"그러지 않으면 그건 무의미한 반복 노동에 불과할 뿐이다. 그저 열심히 반복한다고 강해질 것 같으냐?"

유감스럽게도 세상은 그렇게 쉽고 단순한 구조로 이루어지지 않았다.

열심히 노력하는데도 도태되는 자는 널렸다. 만날 하던 대로 죽어라 똑같이 반복했는데 결과적으로 감각이 어긋나서 더 약해지는 자도 흔하다.

인간은 살아 있는 존재다. 부상을 당했는가? 잠을 못 자서 피곤한가? 많이 먹어서 살이 좀 쪘는가? 감기에 걸려서 몸이 좀 무거운가?

그런 사소한 이유들로 인해 끊임없이 변한다. 이 변화를 완전히 파악하고 스스로가 갈 길을 수정해 나가지 않는다면 더 위로 올라갈 수 없다.

"항상 올바른 길을 찾아 진보를 꾀해야 한다. 그저 정해진 상황 속에서 펼치는 데 그치지 않고 어떤 상황에서도 그 묘용을 살릴 수 있어야 한다. 그래야만 비로소 네가 익힌 기술은 살아 있는 기술이 되는 것이다."

2

형운이 별의 수호자에 온 지 반년이 지났을 무렵, 별의 수호자에는 한 가지 큰 사건이 생겼다.

오성의 일원인 지성이 공식적으로 은퇴하고, 새로운 인물이 그 자리를 이어받은 것이다.

귀혁이 예상한 대로 전임 지성은 결국 천유하가 일월성단을 취하는 의식을 돕다가 입은 내상을 치유하지 못했다. 오성의 전력 공백은 심각한 문제였기에 그는 현역에서 물러나고 새로운 인물이 그 자리를 메우게 되었다.

"뭐 슬슬 물러날 때이기도 했으니 쉽게 미련을 털어버린 거겠지만······."

물러난 지성은 나이가 80세가 넘었는지라 현역에서 은퇴

해도 이상하지 않았다. 당분간 내상을 다스린 후 후진 양성에 힘쓰겠다고 한다.

또한 새로운 지성은 역시 귀혁이 예상한 대로 운 장로의 입김이 닿은 이였다. 어린 시절, 인재육성계획 때부터 운 장로의 지원을 받아서 지성의 두 번째 제자가 되었던 신자호였다.

형운이 귀혁에게 물었다.

"오성의 자리를 계승하는 데는 제자가 된 순서는 중요하지 않은가 보죠?"

"오성의 자리는 실력을 가장 중시한다. 오성의 제자라고 한들 반드시 다음 오성이 된다는 보장도 없지."

"아, 하긴 저만 해도 그렇죠."

형운도 자신의 영성의 제자이긴 하지만 다음 대 영성이 된다는 보장이 없다는 사실을 잘 알고 있었다.

귀혁이 말했다.

"그래도 유리한 건 사실이다. 어쨌거나 오성은 현역으로 뛰는 이들 중에서는 무공이 가장 뛰어난 다섯 명으로 여겨지며, 그 제자들은 많은 지원을 받을 수 있으니까. 오성의 제자가 아닌 다른 출신이 오성이 되는 경우는 드물지."

"사부님도 그런 경우시잖아요?"

"그렇단다. 그래서 전대 영성의 제자들이 나를 싫어하지."

귀혁이 피식 웃었다.

그는 별의 군세에 소속되지 않고 무학자로서 두각을 드러내다가 압도적인 무위로 영성의 자리를 차지한 입지전적인 인물이었다. 그래서 별의 수호자의 무인들 중에 그를 우상으로 삼고 지지하는 자가 많은 것이다.

귀혁이 말했다.

"이번 지성의 자리를 차지하는 것도 후보자들을 평가한 뒤, 최종적으로 그들이 비무하는 것으로 결정 났다. 신자호의 무위가 다른 제자들보다 월등했다고 하더군."

"헤에······."

"그러나 전임 지성에 비하면 애송이라는 것만은 어쩔 수 없지. 이렇게 어수선한 때 전력 공백이 생기다니, 안 좋아."

"어수선하다뇨? 무슨 일 있어요?"

"요즘 바깥이 뒤숭숭하다."

형운이야 별의 수호자 총단에만 처박혀 있으니 몰랐지만 바깥세상은 여기저기서 시끄러운 사건이 터지고 있었다. 특히 광세천교(光世天敎)의 무리가 여기저기서 사고를 쳐서 별의 수호자도 피해가 막심했다.

"광세천교라면 2대 마교(魔敎) 중에 하나잖아요?"

"그래, 이 세상에 사교(邪敎)의 무리가 많지만 그중에서도 특출난 것들이지."

귀혁의 말대로 이 세상에 사교의 무리는 진짜 셀 수도 없을 정도로 많은지라 어지간히 위세가 강하지 않으면 뭔지 알 수도 없다.

그러나 흑영신교(黑靈神敎)와 더불어 2대 마교로 불리는 광세천교는 그 역사가 천 년이 넘고, 몇몇 국가를 전복시킨 적도 있는 대단히 위험한 집단이었다. 오죽하면 중원삼국의 황실에서 그들을 '마교'로 지정해서 신앙을 금하겠는가?

"아직 네가 신경 쓸 문제는 아니다. 이쨌든 지성이 애송이라고 해도 지성단의 힘이 어디 가는 것은 아니니 경륜을 갖출 때까지는 큰 사단이 벌어지지 않을 게다. 그리고……."

귀혁이 문득 생각났다는 듯 덧붙였다.

"신자호에게는 네 또래의 제자가 한 명 있다더구나. 신경 쓰는 게 좋을 거다."

"윽."

그 말에 형운이 싫은 표정을 지었다.

다른 오성의 제자들은 다들 연배가 높아서 그런지 형운에게 신경 쓰는 기색이 별로 없었다. 하지만 나이가 비슷한 마곡정은 대놓고 싸움을 걸어오지 않았던가?

다행히 마곡정은 이전에 사고를 친 후로는 징계를 먹어서 밖으로 나오지 못하는 상황이다. 하지만 나중에 또 마주칠 때를 생각하면 벌써부터 골이 지끈거린다.

그런데 그런 놈이 하나 더 늘어날 수도 있는 상황이 달가울리가 없지 않은가?

귀혁이 피식 웃었다.

"다 네가 극복해야 할 난관이니라."

"네, 알고 있어요. 에휴……."

하지만 그 문제는 형운 앞에 닥쳐오지도 못했다.

3

풍성 초후적은 골치를 썩고 있었다. 막내 제자인 마곡정 때문이었다.

그와 마주앉은 운 장로가 웃었다.

"곡정이는 정말 혈기왕성하군."

"벌을 줘봤자 달라지는 게 없습니다."

초후적이 눈살을 찌푸렸다.

전에 영성의 제자, 형운에게 싸움을 걸어서 말썽을 일으켰던 마곡정은 지속적으로 사고를 치고 있었다. 그 사고라는 것이 대체로 자신과 비슷한 또래에 기재라 불리며 주목받는 이가 있으면 찾아가서 싸움을 거는 식이다.

그리고 그 결과는, 단 한 사람을 제외하면 전승이었다.

"영수의 피 때문인지, 정말 혈기를 주체 못합니다."

"대신 재능은 최고이지 않나."

"그렇지요."

초후적이 한숨을 쉬었다.

그게 문제였다. 마곡정의 재능은 정말 탁월해서 아무리 사고를 쳐대도 내칠 마음이 안 든다. 화를 내다가도 아직 어리고, 또 무인인데 그럴 수도 있지 않나? 하는 생각이 들어버리는 것이다.

게다가 마곡정은 아직까지는 돌이킬 수 없는 사고를 치지는 않았다. 마곡정과 싸운 상대는 어디 한 군데 부러진 이는 있어도 재기불능으로 심각한 부상을 입거나 사망자는 없었으니까.

그 정도라면 무마할 수 있다. 사과의 뜻을 전하면서 약간의 성의만 보이면 그만이다.

초후적이 말했다.

"그래도 이번에는 상대가 좀 나빴습니다. 지난번만큼이나……."

그가 말한 지난번은 형운과 싸웠을 때였다. 다짜고짜 형운을 찾아가서 싸워서 부상을 입혔다는 소식을 들었을 때는 그도 가슴이 철렁했다.

그 후로 저쪽에서 정식으로 항의를 해와서 마곡정에게 반년간 근신 처분을 내리고, 별의 수호자에서 풍성 개인에게 나오는 지원 중 일부를 양보함으로써 넘어갈 수 있었다.

그런데 이번에는…….

"영성 다음에는 지성이라니."

얼마 전에 지성으로 취임한 신자호의 제자에게 싸움을 걸어서 한동안 침상 위에서 못 일어나게 만들어버렸다. 신자호의 제자는 마곡정보다 두 살 많았고, 무공을 수련한 경력도 더 길었지만 아예 상대도 안 됐다고 한다.

운 장로가 쓴웃음을 지었다.

"지성 입장에서는 날벼락이지. 어쨌든 이 문제는 내가 중재를 해봄세."

"면목이 없습니다."

풍성 초후적도, 지성 신자호도 운 장로의 입김이 닿은 인물이라는 점은 같다. 둘 다 인재육성계획 때부터 운 장로의 눈에 들어서 지원을 받아왔다.

이렇게 문제가 터졌을 때, 본인들끼리 해결하려고 하면 문제가 생길 소지가 많지만 운 장로가 중재에 나서면 원만하게 넘어갈 수밖에 없다. 초후적 입장에서는 그만큼 운 장로에게 더 고개를 못 들게 되지만 어쩔 수 없는 노릇이다.

운 장로가 물었다.

"그럼 이번에는 곡정이에게 어떤 처분을 내릴 생각인가?"

"일 년 근신 처분을 내릴 생각입니다."

"지난번의 두 배인가? 뭐 그 정도면 지성한테도 면목이 설

걸세."

"그리고 거기에 하나를 더했습니다."

"음?"

"서하령, 그 아이에게 시간 날 때마다 와서 곡정이 버릇도 고쳐줄 겸 대련을 해달라고 부탁했습니다."

"허허. 그거 묘안이군!"

운 장로가 감탄했다.

이 장로의 손녀이며 성운의 기재인 서하령.

그녀가 마곡정과 어릴 적부터 친한 사이이며, 일종의 천적 관계라는 사실은 이미 소문이 날 만큼 나 있었다. 세상 무서운 줄 모르는 마곡정이지만 그녀 앞에서는 기가 죽는다고 한다.

초후적이 말했다.

"제가 직접 지도하기에는 요즘 일이 많아서 말입니다."

"광세천교 놈들의 움직임이 심상치 않으니……."

광세천교가 곳곳에서 사고를 치는 바람에 오성은 바쁘게 움직이고 있었다. 별의 수호자가 거느린 무력은 막강하지만, 광세천교의 무리 중에서는 오성이 아니고서는 감당이 안 되는 괴물들도 있었기 때문이다.

문득 운 장로가 말했다.

"그러고 보니 이번에 영성이 하령이 그 아이를 제자로 들이는 걸 거부했네."

"하령이를 말입니까?"

초후적이 깜짝 놀랐다.

서하령이 성운의 기재임이 판명난 후, 귀혁을 제외한 오성 모두가 그녀를 제자로 삼고자 제안했다. 그러나 서하령은 그 제안을 전부 거절하고 여전히 스승 없는 몸으로 남아 있었다.

이에 장로회에서는 서하령이 귀혁과 사이가 좋은 편이니 그가 제자로 들이면 어떻겠느냐는 제안을 했다. 운 장로로서는 대단히 마음에 안 드는 제안이었지만 막을 명분이 없었다.

그런데 귀혁은 생각할 것도 없는 문제라는 듯 딱 잘라서 거절했다.

초후적이 눈살을 찌푸렸다.

"여전히 이해할 수가 없는 작자군요."

"영성의 성운의 기재를 싫어하는 마음은 여전한 모양이지. 어쨌거나… 하령이 그 아이도 골치군."

이 장로가 권력에 야심이 없다고는 하나 도저히 무시할 수 없는 영향력을 가졌기에 운 장로 입장에서는 눈엣가시다. 그런데 그 손녀가 성운의 기재로 각성하여 모두 갖고 싶어 안달이 난 존재가 되었으니…….

듣기로는 벌써부터 혼담을 제안하는 이도 여럿 있었는데 이 장로가 단칼에 거절했다고 한다.

운 장로가 혀를 찼다.

"조손이 나란히 파고들 틈이 보이질 않아. 곡정이가 잘해 주면 좋겠군."

"말한다고 들을 녀석은 아니고… 자연스럽게 그리되도록 지켜보는 수밖에요."

이 장로를 싫어하는 운 장로는 당연히 서하령도 곱게 보지 않는다. 그런데도 이런 말을 하는 것은 마곡정이 주변에 별 관심을 보이지 않는 서하령과 유일하게 친분을 맺은 존재이기 때문이었다.

지금이야 옆에서 보면 웃음이 나오는 아이들이지만, 시간이 지나면 어떤 관계로 발전할지 모른다. 충분히 남녀 간의 정이 싹틀 수 있을 것이고 그러면 서하령 역시 운 장로에게 아주 강력한 패가 되어줄 수 있으리라.

"이렇게 된 이상 영성이 무슨 행동을 하든 현명하다고 봐주기는 힘들지. 어쨌거나 곡정이는 버릇을 들이긴 해야겠지만, 추후에도 최선을 다헤 지원을 해줌세. 필요한 게 있으면 얼마든지 말하게."

"감사합니다."

4

이렇게 시간이 흘러갔다. 형운이 정신을 차리고 보니 별의 수호자에 온 지 십 개월이 다 되어가고 있었다.

그리고 형운은 두 번째 기심을 만들어 내공 수위가 2심에 도달했다.

2심을 이루는 것은 원천기심을 이룰 때보다 더 힘들었다.

체내에 얼마나 많은 기운을 받아들였는가? 그것만이 문제는 아니었다.

압력이 문제다. 일정 이상의 압력을 발생시키지 않으면 새로운 기심을 만들 수 없는데 그것을 위해서는 몇 가지 조건이 필요하다. 하나는 당연히 일정량 이상의 기운이 체내에 존재해야 한다는 것이며, 또 하나는 그것을 일정 속도 이상으로 순환시킬 수 있어야 한다는 것이다.

'이래서 다들 내공 수위가 일정 지점에서 멈춰 버리는 거겠지.'

언뜻 보면 꾸준히 내공심법을 수련하기만 해도 될 것 같다.

하지만 아니다.

체내의 기운을 압축시키고, 일정한 속도 이상으로 순환시키는 것은 굉장히 난이도가 높은 일이었다. 기를 다루는 감각을 단련해야 하는 것은 물론이고, 밀도 높은 기가 빠르게 순환하는 것을 기맥이 버텨줄 수 있어야 했다.

모든 조건이 갖춰지지 않으면 파탄이 나고 만다. 기맥이 손상되고 내상을 입거나, 최악의 경우 주화입마(走火入魔)에 걸려서 두 번 다시 내공을 수련할 수 없는 몸이 된다. 아니, 그경우는 미쳐 버리거나 죽어버릴 가능성도 높았다.

그렇다고 기심을 이루지 못하면 체내에 일정량 이상의 기운을 축적할 수 없다. 아무리 열심히 축기를 해도 답보 상태에 머무르고, 오히려 내력이 빠져나가 버리는 경우도 있을 수 있었다.

그래서 대부분의 무인은 내공 수위가 어느 수준에 도달하면 더 이상의 기심을 만드는 걸 포기해 버린다. 기존에 이루어놓은 기심을 확장해서 약간의 내공량 증가를 꾀하는 정도가 고작이었다.

그에 비해 광혼심법은 그 자체로 육체의 그릇을 넓히는 데많은 힘을 쏟는다. 기맥을 더 튼튼하게 만들고, 이미 존재하는 기심을 더욱 확장하는 것은 물론이고 질적으로도 다듬어간다.

그러면서 그 안에서 새로운 기심을 형성해 가는데, 이 과정은 어지간해서는 실패할 수가 없을 정도로 확실하게 이루어졌다. 다만 다른 심법으로 이루는 것에 비해서 훨씬 느릴 뿐이다.

이 과정을 가속하기 위해 형운의 수련은 생활 전체에 접목되어 있었다.

귀혁이 말한 대로 의식주 모두가 무공 수련으로 활용된다. 삶의 모든 것이 무공을 위해 투자되는 상황을 형운은 이전에는 상상도 해본 적이 없었다.

'하지만 지금은 또 너무 자연스럽단 말이지.'

처음 용육보의를 입었을 때는 정말 어색했다. 몸에 착 달라붙는 이 옷의 안쪽에는 특수한 약물이 묻어 있어서 피부를 통해 흡수되며 운기할 때 그 효과가 더 강해진다.

즉 언제나 약물의 질척질척한 감각을 느껴야 하는 것이다. 처음에는 끔찍하기까지 했지만 이제는 자연스럽게 받아들이게 되었다.

물론 그런다고 해서 불편하지 않은 게 아니다. 밤에 용육보의를 벗고 몸을 씻을 때면 그렇게 상쾌할 수가 없었다.

'그래도 약냄새가 풀풀 나지 않는 게 다행이지.'

그 점에서는 용육보의에 감사하고 있다. 전신을 약물로 두르고 있는 상황인데도 형운에게서는 심한 냄새가 나지 않았다. 항상 약재를 다루는 의원과 비슷한 수준이었다.

용육보의는 한 벌이 아니라 여러 벌이었다. 같은 방식으로 만들었기에 용육보의라고 통칭하지만 안에 바르는 약물의 종류에 따라서 적절한 것을 고르고, 또 시간이 지나면 좀 더 개선된 물건이 나오기도 했다.

어느 날 형운이 물었다.

"사부님, 용육보의는 언제까지 입어야 하나요?"

"글쎄다. 앞으로 한 삼 년?"

"……."

"그것도 짧게 잡은 거다."

형운의 표정이 구겨지는 걸 본 귀혁이 웃으며 말했다.

"그러고 보면 왜 네게 굳이 먹는 것 말고 입는 것을 통해 약물을 흡수해야 하는지에 대해서 설명해 준 적이 없구나. 그런 건 좀 궁금하면 재깍재깍 물어 보거라."

"그럴게요."

"왜 약만으로 불충분한지, 약선을 먹어야 하는지에 대해서는 설명했었지. 입는 것을 통해서 약을 취해야 하는 것도 비슷하다. 먹는 행위를 통해서는 기대할 수 없는 효과를 얻기 위함이다."

사람은 음식을 먹음으로써 육체에 영양을 보충한다. 그러나 그것은 신체의 특정 부위에 특별한 효과를 얻는 데는 별로 효율적이지 못하다.

"용육보의로 약물을 흡수함으로써 피부를 강하게 한다."

직접적으로 피부에 약물을 투입해서 보다 강하고 질기게 바꾼다.

형운의 피부는 겉으로 보기에는 일반인과 별로 다르지 않았지만 좀처럼 상처가 나지 않는다. 예전에는 벌레에 물리고 손톱으로 긁어대면 잔상처가 생겼는데 요즘은 그런 일이 거의 없다.

"이 방법이 외공으로 피부를 단련하는 것보다 뛰어난 이유는 단단하고 질겨지면서도 둔감해지지는 않기 때문이다. 또한 상처 회복력도 탁월해지지."

타격 등을 통해서 몸을 혹사시켜서 강도를 높이는 경우 그 대가로 피부의 감각이 둔해진다. 하지만 귀혁이 계획한 용육보의를 이용한 피부 개조는 그런 부작용이 없었다.

"또한 거죽만이 아니라 근육과 뼈에도 특수한 영양을 공급한다. 약선에도 어느 정도 포함되어 있긴 하다만, 용육보의의 약물에는 먹어서 내장기관에서 소화되는 과정을 거치면 효율이 떨어질 수밖에 없는 재료들을 쓰고 있다."

그중에는 뼈를 강하게 만드는 것도 있었다. 비약을, 약선을 먹어서 취한 것과 이것이 결합되면서 형운의 뼈는 강철처럼 단단해질 것이다.

"용육보의는 흔히 말하는 불괴지신(不壞之身)을 만들기 위한 도구다. 무공의 성취와는 별개로 말이다."

내공의 심후함과는 관계없이, 인간의 형상을 유지하면서도 인간의 육체가 갖는 기본적인 강도를 훨씬 초월하는 강인한 육체를 만든다.

그것이 귀혁이 형운에게 용육보의를 입힌 이유였다.

"너는 누구보다도 강인한 육체를 가져야 한다. 단련해서 얻을 수 있는 것은 물론이고, 그것만으로는 얻을 수 없는 것까지. 성운의 기재보다 앞서는 것을 하나라도 더 만들어두지 않는다면 결코 그들을 이길 수 없다."

5

노력하고 고생한다. 그 결과 강해진다.

자신이 강해진다는 실감은 무인에게 있어서 중요하다. 왜냐하면 그런 실감이 없으면 혹독한 수련에 임할 원동력을 얻기 힘들기 때문이다.

형운은 자신이 강해지고 있음을 느꼈다.

"하앗!"

형운은 땅을 박차고 허공으로 뛰어올랐다. 도움닫기 없이 제자리에서 뛰었는데도 자기 키보다도 훨씬 높게 도약하더니 그대로 허공에서 빙글 몸을 돌리면서 칠 층 전각의 벽을 발로 짚는다. 그리고 그대로 벽을 달려 올라간다.

"음."

단숨에 사 층 창가까지 올라선 형운이 벽에 등을 붙인 채로 숨을 골랐다. 그리고 다시 힘을 내서 칠 층 꼭대기까지 달려 올라간다.

"후우."

형운은 전각 꼭대기에 달린 용 장식에 팔을 얹은 채 아래를 내려다보았다.

아찔한 풍경이다. 여기서 떨어지면 그대로 곤죽이 되고 말리라.

하지만 예전과 달리 지금은 이 풍경을 담담하게 즐기는 자신을 발견할 수 있었다.

"좋구나."

무공 수련으로 가득한 나날들은 힘들었다. 분명히 먹을 것입을 것 잘 곳 걱정 없이 사는데 매일매일 자신이 마모되어가는 것 같았다.

하지만 이렇게 높은 곳에 올라와서 보고 있노라면 그런 것도 견딜 만하다는 기분이 든다.

형운에게 있어 고된 무공 수련의 보상은 무언가를 부술 수 있는 힘이 아니라 경공이었다. 바람처럼 달리고, 자유롭게 날아올라서 이전에는 볼 수 없던 이런 풍경을 볼 수 있게 된 것만으로도 위안을 얻을 수 있었다.

문득 형운은 하늘을 올려다보았다.

별의 수호자 총단 어디에서나 보이는 성도의 탑 위의 돌덩어리, 그 정식 명칭은 '성혼좌(星魂座)'라고 한다. 별의 수호자의 숨겨진 수장, 성존이 기거하는 곳이었다.

한번은 형운이 귀혁에게 물은 적이 있었다.

"사부님은 저기까지 날아오르실 수 있나요?"

참고로 지상에서 성혼좌까지의 높이는 백 장(약 250미터)이
넘는다. 인간이 뛰어오를 수 있는 높이가 아니었다.
하지만 귀혁은 고개를 끄덕였다.

"있다. 방법이야 이것저것 있지만 순수하게 어기충소(御氣衝
溯)만으로도 가능하지."

어기충소는 오직 내공의 힘만으로 하늘로 상승하는 높은
경지의 경공술이었다. 어기충소로 얼마만큼 날아오를 수 있
는지는 내공이 얼마나 심후한지를 파악하는 척도가 될 수 있
었다.
그런 기술로 백 장을 넘게 날아오를 수 있다니… 형운은 자
신이 그런 경지에 오르는 날을 상상해 보았다.
'진짜 기분 째질 텐데.'
아직 형운이 상상하는 절세고수가 되는 의미는 고작 그 정
도였다.
'그나저나……'

벽을 타고 뛰고 뛰고 뛰어서 훌쩍 땅으로 내려온 형운은 주변을 두리번거렸다.

그동안 기감이 많이 발달했는데도 여전히 은신하고 있는 호위의 기척이 느껴지지 않는다. 은밀함을 생명으로 삼는 영성 호위대원의 은신술은 아직 형운이 파악할 수 없는 수준이었다.

웬만해서는 불러도 나오지 않는다는 걸 알고 있기에 형운은 시치미를 뚝 떼고 뒷간으로 향했다.

'아무리 호위라도 여기까지 쫓아오겠어?'

그런 생각으로 뒷간으로 가서 문을 닫았다. 형운처럼 귀한 신분에 속하는 사람들이 쓰는 뒷간은 제법 넓었고 볼일을 보는 곳 주변에 높은 병풍으로 칸막이를 둘러두었다. 형운은 병풍 안으로 들어가서 조심스레 품을 뒤졌다.

'조심조심……'

형운이 온갖 집중력을 발휘해서 소리 나지 않게 꺼낸 것은… 과자였다. 밀가루로 빚어서 익힌 다음 안에 단맛 나는 과일액을 넣어둔 것이다.

'흐흐흐.'

그저 과자일 뿐이었지만 그것을 보는 형운의 눈은 열기로 가득 차 있었다.

이것은 휴일인 오늘 저택 여기저기를 돌아다니다가 발견

했다. 시비들이 휴식 시간에 다과를 즐기다가 일 때문에 불려가고, 그사이에 아직 치우지 않고 남아 있는 것을 보자마자 하나 슬쩍한 것이다.

하지만 호위가 눈에 불을 켜고 있는 상황이라 도저히 먹을 기회를 확보할 수 없었다. 그래서 어떻게든 먹을 궁리를 하다가 뒷간을 떠올린 것이다.

'드디어……!'

형운은 침을 꼴깍 삼켰다. 뒷간이라 똥냄새가 진동했지만 그딴 것은 지금 형운의 과자의 단맛을 향한 열망을 조금도 방해하지 못했다.

형운의 숨결이 거칠어졌다. 형운은 이걸 먹었을 때 몰려올 행복감을 상상하며 천천히 과자를 입가로 가져갔다.

"공자님."

"우와아아아악!"

순간 머리 위에서 들려온 목소리에 형운은 기절할 듯이 놀랐다. 너무 놀란 나머지 과자를 놓쳐 버리고 말았다.

'내 과자!'

순간 형운이 전광석화처럼 움직였다. 과자가 뒷간의 구멍으로 떨어지기 직전, 무시무시한 속도로 그것을 잡아챈다.

"후우."

이제껏 살면서 이렇게 빠르게 움직여 본 적이 있을까?

고된 무공 수련을 해온 보람이 느껴져서 형운은 흐뭇하게 미소 지었다.

그러나…….

"공자님."

주변의 병풍 위로 복면을 쓴 여성 호위대원이 고개를 내밀고 있었다. 형운은 재차 놀라면서 말했다.

"누, 누나!"

"과자는 안 됩니다."

"아니, 여기 뒷간이라고요!"

"그게 제가 호위 임무를 게을리할 이유는 못 됩니다만."

"여기 남자용인데! 여자가 남자용 뒷간에! 망측하게!"

"그래도……."

"아니, 제가 바지 까고 있었으면 어쩌려고 그랬어요!"

"……."

그 말에 여성 호위대원이 움찔했다. 아무래도 거기까진 생각해 보지 않은 듯했다.

그녀가 얼굴을 붉히면서 말했다.

"괘, 괜찮습니다. 임무를 위해서라면 그 정도 망측함은 참을 수 있습니다."

"으음……."

형운은 식은땀을 흘렸다.

하지만 당황한 것은 표정뿐이었다. 눈썹 하나 까딱하지 않으면서 손을 슬금슬금 움직인다. 그러다가 어느 순간 질풍 같은 손놀림으로 과자를 입으로 가져가고…….

팍!

한순간에 병풍을 넘어온 호위대원에게 저지당했다.

"큭!"

"안 됩니다."

"이 정도쯤은 그냥 넘어가 줘도 되잖아요!"

"절대 안 됩니다."

"치사해!"

"그 말씀, 영성님께도 똑같이 하실 수 있습니까?"

"……."

그 말에 형운은 꿀 먹은 벙어리가 되었다.

잠시 주춤했던 형운의 눈길이 과자에게로 향했다. 똥냄새와 섞여서 흘러들어오는 달콤한 냄새를 맡는 순간, 형운의 이성이 증발했다.

"머, 먹을 거야!"

형운이 기를 쓰고 호위대원의 손을 뿌리쳤다. 그리고 짐승 같은 몸놀림으로 병풍을 넘은 뒤 그것을 발로 쳐서 호위대원에게 쓰러뜨린다. 그 틈을 타서 허공에서 과자를…….

스팟!

하지만 그 순간 뭐가 번쩍하나 싶더니 손에서 과자가 사라졌다. 형운이 보니 비수가 날아와서 과자를 꿰어 천장에 박혀 있었다.

촤촤촤촤촤!

다음 순간 검광이 난무하면서 병풍이 수십 조각으로 잘려서 흩어졌다. 그 속에서 호위대원이 무심한 눈으로 형운을 바라본다.

한순간 넋을 잃어버릴 정도로 멋지고 위압적인 광경이었지만…….

'누나, 옆에 똥더미가 보여요…….'

바로 옆에 똥통으로 통하는 구멍이 뚫려 있지만 않았어도 좋았을 것을.

그녀가 눈살을 찌푸리며 말했다.

"포기하시지요."

"큭……."

형운은 그녀와 자신의 격차를 실감했다. 지금 보여준 한 수만 해도 도저히 범접할 수 없는 고수다.

하지만 형운은 포기할 수 없었다.

"하앗!"

형운이 그대로 뛰어올라서 천장에 박힌 과자를 노렸다.

하지만 호위대원은 더 빨랐다. 형운이 막 도약을 시작하는 순간, 이미 과자가 있는 곳에 도달해서 비수를 잡는다. 이걸로 끝났다. 그녀가 그렇게 확신하는 순간이었다.

'음?'

그녀는 형운이 회심의 미소를 짓는 것을 발견했다.

천장으로 날아오르던 형운은 그대로 몸을 거꾸로 돌리면서 천장을 박차고 입구 쪽으로 날았다. 동시에 품속에서 또 하나의 과자를 끄집어냈다.

'아차! 또 하나가 있었구나!'

첫 번째 과자에 대한 집착이 너무 강해서 이런 한 수를 숨기고 있을 거라고는 생각지 못했다.

형운의 눈이 빛났다.

'먹는다!'

마침내 꿈에도 그려왔던 단맛을 혀로 느끼는 순간이 온다! 형운은 그 순간의 감동을 상상하며 과자를 입에다 넣었다.

파앗!

그러나 그것은 상상으로 끝나버리고 말았다. 결정적인 순간, 눈앞에 시커먼 그림자가 스쳐 가더니 과자가 튕겨 나갔기 때문이다.

'안 돼!'

형운은 마음속으로 절규하며 몸을 틀었다. 하지만 그 움직임은 이미 호위대원의 손에 붙잡혀서 막혀 있었다. 그렇게 형운은 과자가 똥통에 빠지는 것을 바라볼 수밖에 없었다.

"……."

"후우."

망연자실한 형운을 놓아준 호위대원이 긴 숨을 토해냈다.

방금 전에는 위험했다. 전력을 다해서 가속하는 과정에서 천장이 박살 나고 바닥과 벽지가 뜯겨져 나갔다.

"어흐흑……."

형운은 똥통을 바라보며 눈물을 흘렸다. 그가 원망스러운 눈으로 호위대원을 올려다보았다.

"누나, 너무해요. 아무리 그래도 그렇지 그걸 어떻게 똥통에다가……."

"웬만해서는 포기하시지 않을 것 같았습니다."

"너무해. 과자가 무슨 죄가 있다고……."

"땅에 떨어뜨렸으면 주워 드실 것 같았습니다."

"……."

"아닙니까?"

"음……."

부정할 수가 없다. 아주 자연스럽게 측간 바닥에 떨어진 과자를 주워 먹는 자신의 모습이 연상되었다.

"그래도 그렇지……."

과자를 손에 쥐고 있는 동안 형운은 마치 보물을 가진 것 같았다. 그런데 그걸 똥통에다 처박다니!

울먹이는 형운의 눈을 본 호위대원은 그가 안쓰럽긴 했지만 마음을 굳게 다잡았다.

"공자님이 그걸 드시는 순간, 저는 징계당합니다. 그걸 원하십니까?"

"윽."

"호위를 저 말고 다른 사람으로 바꾸고 싶으시다면 언제든지 그렇게 하셔도 됩니다. 물론 전 교체당하고 싶지 않으니 최선을 다해서 막겠습니다."

"……."

형운은 할 말을 잃었다. 이성이 날아가서 난리를 치긴 했는데 잘 생각해 보면 그녀는 죄가 없다.

"에휴, 내 팔자야."

형운은 한숨을 쉬며 몸을 일으켰다. 그러다가 문득 물었다.

"누나."

"네."

"하나 부탁할 게 있는데요."

"무엇입니까?"

"얼굴 보여주면 안 돼요?"

형운 앞에서 그녀는 항상 복면으로 얼굴 아래쪽 절반을 가리고 있었다. 하지만 드러난 얼굴 위쪽 절반만 보면 참 예쁠 것 같은 얼굴이다.

그녀가 대답했다.

"…거부하겠습니다."

"치사하다."

"절대 안 됩니다."

"칫. 그러면 하나만 물어볼게요."

형운은 끈질기게 매달리는 대신 다른 걸 물었다.

"누나 이름이 뭐예요?"

"……."

"그 정도는 알려줘도 되잖아요."

"…가려입니다."

자신의 이름을 밝힌 그녀는 곧바로 은신술을 써서 모습을 감추었다. 그녀가 사라진 자리를 빤히 바라보던 형운은 머리를 긁적이면서 측간을 나섰다.

그런 형운의 뒷모습을 따라가면서 가려는 생각했다.

'열세 살이 되도록 무공을 익힌 적이 없고, 어떤 기연을 만나지도 않았고, 그런 상태에서 무공을 익힌 지 채 일 년도 안 됐는데…….'

모두가 말한다.

형운은 기재가 아니라고.

영성의 제자가 되기에는 너무나도 재능이 모자란 범재에 불과하며, 아무리 영성이라고 해도 그를 대성하게 만드는 건 불가능하다고.

그러나 남들이 성운의 기재, 서하령에게 눈길을 빼앗기고 있을 때 형운은 비상식적인 속도로 성장하고 있었다.

6

그날, 야간 근무자와 교대한 가려는 영성 호위대장 석준에게 찾아갔다.

"특이사항이라도 있었나?"

"오늘 형운 공자님께서 과자를 몰래 숨겨서 측간에서 드시려는 걸 막았습니다."

"…그, 그래?"

가려가 눈썹 하나 깜짝하지 않고 담담하게 보고한 내용에 석준은 당혹감을 느꼈다.

석준이 말했다.

"공자님의 나이, 그리고 현재의 식생활을 생각하면 있을 수 있는 일이지. 그래도 하필이면 측간이라니… 그걸 자네가 잘도 막았군."

아무리 임무라도 여자의 몸으로 남성용 측간에 들어가서

안을 들여다보긴 쉽지 않았으리라. 아무리 밀착 호위를 한다고 해도 호위대상에게 접근할 수 있는 한계라는 게 있는데 가려는 그런 문제를 아예 고려하지 않는 것 같았다.

'그래서 적임자라고 본 것이긴 하지만.'

영성 호위대원 중에 여성은 거의 없었다. 가려는 그중에서 아주 빼어난 성적을 거두면서 성장했는지라 석준은 그녀의 재능을 아깝게 여기고 있었다.

'잘하면 양지로 내보낼 수도 있겠지.'

영성 호위대원들은 모두 별의 수호자가 영재를 선별하는 과정인 인재육성계획을 거치지 않은 자들이다.

고아이거나, 혹은 집안이 어려워서 충분한 경제적 지원을 대가로 음지에서 살아갈 것을 결의하고는 한다. 즉 시작부터 양지에서 출세하기는 틀려먹은 환경이다.

하지만 예외는 있었다. 눈에 띄는 재능을 보이는 자는 가끔 높은 이들의 눈에 들어서 양지로 나가고는 했다.

석준은 가려를 그런 사례로 만들고 싶었다. 가려는 아직 스무 살도 안 되었는데도 정식 대원이 될 정도로 재능이 출중했으며 집념도 남달랐다.

가려가 무심하게 대답했다.

"임무니까요."

"그래, 자네는 그렇게만 하면 돼. 그런데 그거 때문에 보고 하러 온 건가?"

"그것 때문이기도 합니다만, 사실 그 과정에서 걸리는 문제가 있었습니다."

"뭐지?"

"사실은⋯⋯."

가려는 형운이 과자를 못 먹게 막는 과정에서 있었던 일들을 자세히 설명했다.

석준이 턱을 쓰다듬었다.

"형운 공자의 무공이 벌써 그런 수준이라고?"

"그렇습니다."

"정말 놀랍군. 그 정도라면 웬만한 강호의 동년배는 이미 따라잡고도 남았어."

"제 생각도 그렇습니다."

형운이 귀혁을 만난 지 일 년, 별의 수호자 총단에 와서 본격적으로 무공 수련을 시작한 지는 십일 개월이 지났을 뿐이다.

그동안 석준은 형운이 힘들어서 골골대는 것만 봤지 무공이 얼마나 성장했는지는 구체적으로 알 길이 없었다. 귀혁이 직접 무공을 가르치는 시간은 누구에게도 공개하지 않았기 때문이다.

하지만 이번 일로 형운의 무공 수위가 어느 정도인지 평가해 볼 수 있었다. 그 성장 속도는 소름이 끼칠 정도다.

'이미 재능이 있고 없고의 문제가 아니지 않은가?'

귀혁이 형운에게 투입하고 있는 자원은 분명 막대하다.

그러나 그것만으로 형운의 성장을 설명할 수 있는가? 다른 이들이 같은 수준의 자원을 투자한다고 같은 결과를 낼 수 있을까?

'불가능해.'

그게 가능했다면 오성의 제자들은 전부 경천동지할 성장세를 보였을 것이다.

오로지 귀혁만이 그만한 자원을, 스스로 연구하여 개발한 방법으로 투입해서 이런 성과를 거두어낼 수 있었으리라. 죽 그가 형운을 제자로 삼은 것을 부정적으로 보았던 석준이지만 이제는 그럴 수 없게 되었다.

문득 가려가 말했다.

"그래서 부탁드릴 게 있습니다만……."

"음? 뭔가?"

"상급 무공의 수련을 허가해 주셨으면 합니다."

"어째서인가?"

석준이 물었다.

영성 호위대원이 익히는 무공은 등급이 세분화되어 있었다. 수련생에서 견습 대원으로 승급하면 보다 상급 무공이 주어진다. 정식 대원이 되면 당연히 더욱 상급 무공이 개방되는데, 이 안에서도 경력이나 성과가 따라줘야만 접할 수 있는 무공들이 있었다.

가려는 정식 대원이 된 지 얼마 되지 않아서 익힐 수 있는 상급 무공들이 제한되어 있었다. 아직 눈에 띄는 성과도 없는 상황에서 이런 요구를 할 처지가 못 된다.

가려도 그 사실은 잘 알고 있었다.

"공자님의 성장 속도를 고려할 때, 이대로는 가까운 시일 내로 그분의 식탐을 막을 수 없게 될 겁니다."

"……."

무섭도록 설득력 넘치는 이유였다.

가려가 말했다.

"이번에도 그랬지만 공자님은 평소에 워낙 억압이 심하다보니 한번 눈이 돌아가면 뵈는 게 없는 상태가 됩니다. 그분을 상처 입히는 일 없이 상황을 제압하려면 확연한 격차가 있어야 합니다."

"으음. 그렇군."

"허락해 주시겠습니까?"

"알겠다. 2급 무공들의 열람과 수련을 허가하지."

"감사합니다."

가려가 고개를 숙였다.

형운의 식생활은 철저하게 통제되고 있었다.

삼시 세끼는 약선이었고, 심지어 평소에 마시는 물조차도 특별히 제조된 약수만 입에 댈 수 있었다.

이로써 형운은 몸에 해로운 것은 일체 입에 대지 않고 오로지 몸에 좋은 것만을 먹었다.

그렇게 지낸 지 벌써 일 년하고도 네 달이 지나갔다. 하지만 형운은 여전히 약선을 먹는 게 힘들고 끔찍한 경험이었다.

'고통에 이골이 난다고 그게 고통스럽지 않은 건 아니란 말이지.'

형운은 새삼 그 사실을 실감하며 꾸역꾸역 약선을 먹었다.

그러다가 문득 자신과 똑같이 식사하는 귀혁을 보며 의문이 생겼다.

"사부님, 하나 여쭤보고 싶은 게 있는데요."

"뭐가 궁금한 게냐?"

"사부님은 혹시… 약선이 맛있으세요?"

매번 식사 때마다 생각하는 건데 귀혁은 약선을 먹는 게 전혀 고통스러워 보이지 않았다. 아니, 오히려 만족스러워 보이기까지 했다.

"그렇게 보이느냐?"

"네, 혹시 무공에는 그런 것도 있나요? 자기 미각을 속인다 거나……."

그렇지 않고서야 어찌 이것을 맛있게 먹을 수 있단 말인가?

처음에는 귀혁이 맛없는 티를 안 낼 뿐이라고 생각했지만 일 년 넘게 지내보니 그게 아니다. 그는 진짜로 맛있게 먹고 있었다.

귀혁이 말했다.

"그런 환각지(幻覺知) 계통의 무공이 있긴 하다. 하지만 난 실제로 맛있게 먹고 있단다."

"아니, 어떻게요?"

"전에도 말했지만 이 약선들은 내가 다 먹어보고 너한테 먹이는 것이지."

즉 귀혁도 예전에 스스로의 체질을 개선하기 위해서 형운 처럼 식생활을 철저하게 조절하며 살았던 시절이 있었다. 처음에는 그도 형운처럼 힘들었지만 곧 버텨내는 요령을 찾아냈다.

"이 음식들이 쓰다고만 생각하지 말고 그 안에 숨겨진 맛을 찾아라. 이것은 어디까지나 요리다! 요리일 이유가 있기에 요리로 먹는 것이다. 들어간 약재가 다르기에, 그리고 조리법이 다르기에 각각의 쓴맛조차도 미묘한 차이가 느껴지고, 그 속에 쓴맛이 아닌 다른 맛이 숨어 있으며, 또한 음식마다 고유한 식감이 있으니 그것을 즐기면 너 역시 즐거울 수 있을 것이다."

"……."

"어떤 것은 쫄깃하고, 어떤 것은 바삭바삭하고, 어떤 것은 매콤하지 않느냐? 쓰다고 느끼기 전에 네가 즐거울 수 있는 감각에 집중해라. 그걸 할 수 있으면 실전에서도 꽤 도움이 된다. 예를 들면 부상당해서 고통스러울 때."

이런 때도 무공 지도를 잊지 않는 귀혁이었다. 형운은 한숨을 쉬고는 그 말대로 해보았다.

'안 되잖아요!'

여전히 지독히도 쓰고 맛없기만 했다.

귀혁이 말했다.

"전에도 말했지만 사람의 몸은 그가 먹은 것으로 이루어져 있다."

흔히 사람의 자질을 따질 때 타고난 것만을 보고는 한다.

그러나 인간은 부모의 몸에서 난 뒤에 성장하면서 변하게 마련이다. 무엇을 보는가, 무엇을 하는가, 그리고 무엇을 먹는가에 따라서.

"성운의 기재 같은 경우는 좀 특별하지. 아니, 그들만이 아니라 천재라 불릴 정도의 재능을 가졌다면 그건 타고난 것 자체가 비범한 게 맞다."

남들과는 다른 특질을 타고난 존재들은 분명히 있다. 그 특질은 말 그대로 타고난 축복 혹은 저주로 작용한다.

그러나 그것이 정말 후천적인 노력으로 획득할 수 없는 것인가?

"난 그렇지 않다고 생각한다."

인간은 끊임없이 더 우수해지는 방법을 개발해 왔다.

인지하지 못하던 것을 상상으로 가정하고, 마침내 인지함으로써 그것을 다루는 법을 만들었다.

기감을 갖는다는 것, 그리고 그것을 통해 기를 다룬다는 것.

인간이 의념으로 천지간의 조화를 자유자재로 한다는 것은 고대인들에게는 얼토당토않은 일이었으리라. 그건 마치 물짐승이 자신에게는 없던 하늘을 나는 기능을 획득한 것과 똑같다.

그러니 불가능은 없다고 여기고 더 나아가야 한다.

무공도, 기환술도 한때 불가능하다고 생각했던 것들을 가능케 하기 위해 발달해 왔다.

"약과 음식으로 체질을 개선한다는 발상은 아주 오래전부터 있어왔고 꾸준히 발달해 왔지. 사람은 변할 수 있다. 병약한 체질도, 열악한 근골도… 방법만 마련한다면 어떻게든 된다."

무학자들과 기환술사들은 말한다.

모든 사물의 본질은 기(氣)라고.

그 말이 옳다면 기를 보충받는 것만으로도 인체를 이룰 수 있어야 할 것이다.

그런데 왜 그렇지 못할까?

그것은 기의 성질이 천변만화하기 때문이다. 세상만물은 각자 다른 성질을 가진 기의 집합체다.

비약만 봐도 모두 다른 성질을 가졌다. 어떤 것은 양기가 강하며 어떤 것은 음기가 강하다.

그렇기에 약선으로 인체를 이루는 다양한 기의 덩어리를 만들어 공급하는 것이다.

"특히 성장기라면 그 변화는 더욱 격렬하지. 조금이라도 오래된 것들을 몸 밖으로 내보내고 새로운 것으로 스스로를 이룬다. 그동안 네가 얼마나 변했는지 보거라."

그 말대로 이제 열다섯 살이 된 형운은 정말 많이 변했다.

키가 커지고 혈색은 건강해졌으며 피부는 깨끗해졌다. 자세가 발라서 당당해 보였고 균형 잡힌 체격을 갖추었다. 아마 호장성에 살 때의 형운만 본 사람에게 지금의 형운이 다가가면 못 알아볼지도 모른다.

변화는 외면에 국한되지 않고 내면에서도 이루어졌다.

그저 감각이 발달했다거나, 몸이 단단해진 정도였다면 형운은 무공 수련의 결과이려니 했을 것이다. 하지만 형운은 실제로 자신의 머리가 이전보다 잘 돌아간다고 확신했다.

기억력이 좋아졌다.

글씨를 익히는 속도가 일취월장한 것은 물론이고 무엇이든 잘 기억하게 되었다. 요즘은 귀혁도 한 번에 외우라고 알려주는 양이 예전보다 훨씬 늘었는데 형운도 별로 어려움 없이 그걸 해냈다.

사고력이 좋아졌다.

계산을 빠르게 할 수 있게 되었고, 한순간에 보고 들은 정보를 머릿속에서 취합하여 결론을 내는 게 가능해졌다.

그 결과 형운의 학습 능력은 점점 좋아지고 있었다. 무엇을 가르치든 배우는 속도가 빨라지니 같은 시간 동안에도 더 많은 걸 배울 수 있다.

하지만 지금 형운에게 중요한 건 그런 게 아니었다. 형운의 관심사는 한 가지에 집약되어 있었다.

형운이 물었다.

"근데 결국 언제까지 이 식생활을 지키고 살아야 하나요?"

용육보의는 앞으로 한 삼 년쯤 입어야 하니 이 식생활도 비슷할까? 형운은 그런 기대감을 갖고 물어보았다.

귀혁이 고개를 갸웃하더니 대답했다.

"글쎄다. 한 십 년?"

"……."

순간 형운의 표정은 하늘이 무너지는 것을 본 사람의 그것이었다.

"뭐, 빠르면 칠 년쯤으로 끝날 수도 있다만 일단은 그렇게 잡고 있다."

"아아……."

형운은 절망하고 말았다.

8

형운은 전날에 아무리 죽을 것처럼 피곤했더라도 잠을 자고 일어나면 아침에는 거짓말처럼 몸에 활력이 돌았다.

"으우."

예은이 깨워서 일어난 형운은 부스스한 머리를 긁적이며 하품을 했다.

수련의 일환으로 잠들 때는 고통스러운 경험을 한다. 그러나 일어날 때는 정말 개운하게 일어날 수 있었다.

그렇게 산 지도 벌써 일 년하고도 여덟 달이 지났다. 이제는 이골이 나긴 했는데 밤이 오는 걸 생각만 해도 싫어지는 건 어쩔 수 없다.

그런 형운을 보며 전속 시녀 예은은 의문을 품었다.

'형운 공자님은 왜 물을 한 번도 못 마신 걸까?'

그 계기는 형운의 잠꼬대였다. 그녀는 형운이 아침에 '물, 무울… 제발 물!' 하고 절박하게 잠꼬대하는 걸 자주 들을 수 있었다.

형운의 식생활이 철저하게 통제되고 있는 건 알지만 물을 마실 기회는 충분히 있지 않나? 예은은 그 점이 의아했다.

결국 예은은 시녀의 본분을 어기고 형운에게 물어보고 말았다.

"공자님은 왜 물을 한 번도 못 드신 거예요?"

"응? 그야 한 번도 허락을 못 받았으니까."

형운은 왜 그런 당연한 걸 묻느냐는 듯 고개를 갸웃했다.

예은이 조심스레 물었다.

"하지만 도련님은… 몰래 드시려고 노력하시지 않나요?"

"그렇지."

"그런데도 한 번도 성공 못하신 거예요?"

"예은아."

"네?"

"너 지금 내가 얼마나 철저하게 관리되고 있는지 모르는구나."

형운은 한숨을 쉬었다. 예은이 보기에는 형운이 물 정도는 마셔볼 틈이 있는 것으로 보였나 본데……

일단 형운의 곁은 항상 전속 호위들이 지키고 있다. 가려의 경우는 형운이 무슨 짓을 해도 막을 수 있는 주의력과 무공의 소유자고, 그녀와 교대하는 야간 호위대는 적어도 세 명이 한 조이기까지 하다.

또한 형운이 아침에 세수를 하는 물은 특수하게 조제된 약수였다.

예은이 눈을 휘둥그레 떴다.

"네?"

"내가 세숫물을 마시면 되겠다고 생각 안 해본 것 같니? 그거 약수야."

그리고 몸을 씻을 물도 약수였다. 아예 형운이 마시고 싶어 하는 '평범한 물' 자체를 주변에 놔두질 않는 것이다.

예은이 어이없어했다.

"그랬군요……."

하긴 예은 자신도 물을 마시려면 주방까지 내려가야 한다. 이 방에 있는 모든 물은 형운을 위한 것이라 시녀가 입에 대는 게 금지되어 있었다.

"언제까지 이렇게 살아야 하나."

형운은 투덜거리면서 일과를 시작했다.

그리고 모든 수련 일정을 마치고 저녁이 되면 초주검이 되어서 거처로 기어들어온다. 하지만 바로 거처에 가는 건 아니고 같은 층에 있는 특별한 욕실로 향했다.

"아으."

이제 용육보의를 벗을 시간이다. 형운은 옷을 홀라당 벗고, 미리 준비된 약수로 몸을 한바탕 씻었다. 땀도 땀이지만 용육보의에 묻은 약수를 씻어내야 하기 때문에 신경을 좀 썼다.

몸을 다 씻고 나서는 욕실 한가운데 있는 커다란 욕조로 향했다. 온통 대리석으로 만든 호화로운 욕조다.

그 안에 담긴 물은 옅은 푸른빛을 띠고 있었다. 형운은 왠지 심호흡을 하며 마음을 다스린 다음, 각오를 굳힌 표정으로 안에 들어갔다.

"윽……!"

들어가자마자 막대한 압력이 몸을 짓눌렀다.

이것은 중룡수(重龍水)라 하여 신비로운 물이었다. 사람은 이 물에 잠기면 떠오르지 않고, 막대한 압력에 시달리게 된다.

형운은 숨 쉬기도 힘든 압력 속에서 정신을 집중했다. 경기공으로 압력에 저항하면서 광혼심법을 운용해서 내력을 활성화한다.

하루 종일 혹사당했던 내력이 놀랍도록 활성화된다. 중룡수의 효능이었다. 이 물은 그저 무겁기만 한 게 아니라 안에 들어간 기운을 활성화하고, 거기에 섞인 약재들의 효능을 집중시켜 주는 힘이 있었다.

'으으으으……!'

형운은 압력을 이겨내면서 끊임없이 광혼심법을 운용했다. 두 개의 기심이 고동치면서 기맥을 타고 흐르는 내력이 가속한다.

촤아아아……!

그렇게 이각(약 30분)이 지나면 욕조에 채워진 중룡수가 빠져나간다.

형운은 파김치가 되어서 그 자리에 쓰러졌다.

"아… 죽겠다, 진짜."

이것으로 끝났으면 좋겠는데 그렇지도 않았다.

거처로 돌아와서 잠자리에 들 때도 아무 생각 없이 몸을 던져서 잠들 수는 없었다.

형운은 매일 잠을 세 번으로 끊어서 잔다. 침상을 옮겨야 했기 때문이다.

첫 번째 침상은 염황옥(炎黃玉)으로 만든 침상이다. 자체적으로 불로 데운 돌처럼 뜨거운 열기를 발하기 때문에 위에 얇은 석재를 올리고 특수한 천을 깔아두었다.

특수한 약물을 마시고 내력을 운용하여 약기운을 전신에
퍼지게 한 뒤, 알몸으로 그 위에 눕는다.

'더워 죽겠네!'

그 위에 알몸으로 눕자 땀이 삘삘 난다. 금세 전신에 열이
올라서 정신이 몽롱해질 지경이다.

하지만 비약의 힘과 침상에 설치된 기환진이 형운의 상태
를 적절하게 조정한다. 그리고 침실에 피워놓은 수면향 덕분
에 형운은 잠이 들 수는 있었다.

"헉, 헉……."

그렇게 한 시진(두 시간) 정도가 지나면 저절로 눈이 떠진
다. 전신에 양기(陽氣)가 충만해서 몸이 불덩이처럼 머리는
어질어질하다. 그리고…….

"…이거 진짜 적응 안 되네……."

아래쪽이 아플 정도로 뻣뻣하게 일어나 있었다. 형운도 신
체 건강한 소년이라 아침마다 일어나긴 하지만 지금은 진짜
터져 나가는 게 아닐까 싶을 정도다.

웃기는 건 욕정은 별로 안 일어난다는 점이다. 머리가 멍해
질 정도로 뜨거워서 그럴 정신이 없다. 어쩌면 그냥 눈앞에
여자가 없어서일 뿐인지도 모르겠지만.

형운은 그 상태로 다른 침상으로 이동했다.

두 번째 침상은 빙청옥(氷靑玉)으로 만든 침상이다. 자체적으로 얼음보다 차가운 한기를 발하는 이 침상에 그냥 누웠다간 살이 얼어서 달라붙기 때문에, 위에 특수한 천을 깔아두었다.

'추위!'

절로 이빨이 딱딱 소리를 낸다.

'젠장. 매일 밤마다 여름이고 겨울이야!'

덜덜 떨면서도 수면향과 비약의 힘으로 잠이 든다.

염황옥 침상과 빙청옥 침상은 단순히 덥고, 추운 것으로 끝나는 게 아니라 접한 사람들의 양기와 음기를 활성화시키는 효과가 있었다. 하루에 양쪽을 한 시진씩 번갈아서 자극함으로써 조화로운 성장을 꾀하는 것이다.

이 둘을 거치고 나면 그제야 정상적인… 물론 특수한 효능이 있지만 적어도 신체를 괴롭히지는 않는 침상에 누울 수 있었다.

'이게 바로 천국이구나……'

형운은 이번에야말로 아무런 고통 없이 잠이 들었다.

제10장
습격자

성운을
먹는자

1

별의 수호자가 거느린 무력의 정점에 서 있는 다섯 명을 가
리켜 오성이라 부른다.

그들이 의도적으로 전력을 감추기 때문에 강호에는 잘 알
려지지 않았지만, 외부에서 보면 기연이라 불릴 만한 지원을
지속적으로 받아왔기에 성장한 그 일원들은 하나같이 무시무
시한 무력을 소유하고 있었다.

그 점에서는 오성 중에서는 신참 취급을 받는 지성 신자호
도 마찬가지였다. 다른 오성들보다 경륜은 못해도 지닌바 기
량은 뒤처지지 않는다고 자부하고 있었고 지성단 역시 그의

힘을 인정했다.

그러나…….

"고작 이십 년이 지났을 뿐인데 오성도 질이 많이 떨어졌군."

그렇게 말한 것은 불꽃처럼 휘날리는 붉은 머리칼을 가진 사내였다.

누가 봐도 인간이 아닌 존재의 혈통을 이어받은 자였다. 신체의 윤곽은 인간의 그것이지만 눈동자는 흰자위와 눈동자의 구분조차 없이 불꽃을 응축해 빚어낸 보옥 같았고 신체 위로 빛으로 그려진 붉은 문양이 살아 있는 것처럼 꿈틀거렸다.

"큭…….."

신자호는 가슴을 움켜쥔 채 그를 노려보았다.

쿠르르르르……!

대치한 두 사람 주변의 공기가 고열로 끓어오르고 있었다.

숲 한복판이었다. 그러나 주변에 우거졌던 나무들이 일거에 불타 버리면서 새카만 조각들이 흩어졌다.

그것은 붉은 머리칼의 남자가 사용한 극양(極陽)의 무공이 작렬한 결과였다. 그것을 증명하듯 그의 몸 주변에 불길이 일렁거리고 있었다.

이질적인 특징을 제외하면 상대는 삼십 대 중후반 정도로 보였다. 검은 장포를 입은 그는 칼날을 따라 붉은 광택이 흐르는 두터운 도를 든 도객이었다.

그를 보는 신자호는 호흡을 고르며 창을 쥔 손에 힘을 주었다. 지금까지 이 창 하나로 꿰뚫지 못한 적이 없건만, 상대는 너무나도 간단하게 막아내고 반격해 왔다.

신자호가 물었다.

"너는 누구냐?"

그 말에 상대가 히죽 웃었다. 부상을 입은 주제에 강한 척하는 그가 가소롭다는 듯이.

"염마도(炎魔刀) 구윤."

"염마도?"

의아해하던 신자호는 곧 그 이름이 의미하는 바를 깨달았다.

"광세천교의 칠왕(七王)……!"

2대 마교 중에 하나인 광세천교는 교주를 정점으로 하여 그 바로 밑에 칠왕이라 불리는 고위 인사들이 있었다. 그들은 하나하나가 일당천의 무공을 가졌다고 알려져 있으며, 일부는 팔객 이상이라는 평가를 받았다.

구윤이 말했다.

"그렇다."

"큭, 요새 광세천교가 시끄럽게 군다 싶더니 칠왕이 나서 서였나."

"이십 년간 고련한 끝에 다시 광세의 가르침을 펴기 위해 나왔건만, 최강의 적수가 되리라 기대했던 오성이 준비운동 감도 안 될 줄이야. 아직 오성이 된 지 얼마 안 된 애송이냐?"

그 말은 정곡을 찔렀다. 신자호가 발끈했다.

"웃기지 마라!"

한순간에 신자호의 창이 수십 번이나 구윤을 찔렀다.

둘의 거리는 삼 장(약 9미터) 가량. 창이 닿을 리 없는 거리였지만 둘 다 그 정도 거리를 격하는 정도는 일도 아닌 고수들이다.

콰콰콰콰콰콰!

신자호가 창을 찌를 때마다 충격파가 발생했다. 그리고 창격의 궤도를 따라서 빛의 선이 수십 개나 그려지면서 구윤이 있던 자리를 관통했다.

이 공격으로 신자호의 전방 수십 장이 초토화되었다. 그러나 구윤은 이미 그 자리에 없었다. 허공에 폭염의 궤적을 그리면서 신자호의 뒤를 잡았다.

'빠르다!'

섬뜩하다. 눈 깜짝할 사이에 수십 발의 창격을 퍼부었거늘, 구윤은 그 모든 것을 받아내고는 지나가는 공간을 깡그리 불태우면서 신자호의 시야 사각을 점했다.

화아아아악!

직후 불꽃이 폭발했다. 가까이 가기만 해도 불타 버릴 것 같은 초고열이 반경 삼십 장(약 90미터)을 불태워 버렸다.

"크윽……!"

신자호가 신음했다.

반응이 아주 약간 늦었다. 그것만으로도 전신에 두른 호신 기공의 일부가 뚫리면서 몸이 열기에 노출되었다. 그 결과 왼 쪽 상반신이 불타면서 화상을 입고 말았다.

'팔은… 아직 움직이는군.'

신자호는 고통으로 식은땀을 흘리면서 부상을 파악했다. 피부가 익어버리기는 했지만 팔은 아직 움직이기는 한다. 기 를 이용해서 억지로 통제하면 정상적인 움직임을 보일 수 있 을 것이다.

구윤이 그를 보며 재미있다는 듯 말했다.

"반응은 제법 좋군, 애송이."

"……."

신자호는 그를 노려볼 뿐 대답하지 않았다.

이제는 확신할 수 있었다. 염마도 구윤은 신자호보다 강하 다.

구윤이 물었다.

"지금의 오성은 전원 새로운 세대인가? 아니면 아직도 이 십 년 전의 인물이 남아 있나?"

"대답해 줄 이유가 없다."

"매정하군그래. 그럼 질문을 바꾸지. 지금의 영성은 아직도 귀혁인가?"

"……."

"맞나 보군."

신자호는 대답하지 않았지만 그의 표정만으로도 구윤은 원하는 답을 얻었다. 그가 희열에 찬 웃음을 지었다.

그것을 본 신자호가 물었다.

"왜 영성을 신경 쓰는 거지?"

"그걸 오성인 네가 적인 내게 묻는 것이냐?"

"……."

"뭐 좋아. 나는 너와 달리 도량이 넓은 몸이니 가르쳐 주마. 그건 이십 년 전에 너희와 우리가 싸웠을 때, 그만이 진정으로 무서운 존재였기 때문이니라. 그가 홀로 칠왕 중 다섯을 감당하다 못해 넷을 죽여 버리기까지 했다면, 내가 그를 신경쓰는 이유를 충분히 알 수 있겠지?"

"말도 안 돼……."

신자호의 눈빛이 흔들렸다.

영성이 오성 중 최강이라는 사실은 누구도 부정하지 않는다. 그러나 신자호는 그래 봤자 손을 뻗으면 닿을 수준이라고 생각하고 있었다. 그런데 그는 이십 년 전에 이미 그런 말도 안 되는 무위를 가졌단 말인가?

구윤이 피식 웃었다.

"비록 내가 이십 년 동안 고련하여 새로운 경지에 접어들 었으나 그가 여전히 도전할 가치가 있는 존재임은 변하지 않 는다. 나는 그가 여전히 건재하다는 사실이 두려우면서도 기 쁘구나."

"으음……!"

신자호는 침음하면서 결사의 각오로 내력을 끌어 올렸다.

'잔재주를 부려봤자 통하지 않는다.'

느릿한 창두의 움직임을 따라서 가공할 기운이 쏟아져 나 왔다. 동시에 대지가 진동하면서 흙이, 작은 돌들이 허공으로 떠올랐다.

그것을 본 구윤이 웃었다.

"역시 오성이라는 것들은 하나같이 내공은 빠지질 않는 군."

신자호는 적어도 내공의 심후함만으로는 구윤에게 뒤떨어 지지 않는다. 적어도 7심, 어쩌면 8심의 경지에 도달해 있으 리라.

설령 무공이 미숙하더라도 이 정도 내공 수위라면 대파괴 를 일으킬 수 있다. 하물며 신자호는 구윤보다는 못할지언정 의념만으로 기를 자유자재로 움직이는 경지에 접어든 고수다.

잠시 후, 대치가 끝나면서 양쪽의 기운이 폭발했다. 창이 일으키는 돌풍과 태도가 일으키는 폭염이 맞부딪치며 열풍이 휘몰아쳤다.

콰콰콰콰콰!

둘의 위치가 어지럽게 바뀌면서 연이어 폭발이 일어났다. 그럴 때마다 숲의 면적이 깎여 나갔다.

그것은 이미 인간끼리의 대결이 아니라 두 마리의 용이 다투는 것 같았다. 한번 땅을 박차면 수십 장을 날고, 공격을 할 때마다 지형이 바뀐다.

순식간에 반경 수백 장을 불모지로 바꿔 버린 둘이 어느 순간 멈춰 섰다. 신자호는 호흡을 고르면서 구윤을 노려보았다.

'이 정도면 빠져나갔을 터.'

곧바로 결사의 승부수를 띄우지 않은 것은 자신과 지성단이 호위하던 상단이 빠져나갈 시간을 벌기 위해서였다. 일부러 시간을 끌면서 공방을 벌이고, 최초의 위치에서 멀찍이 떨어진 곳까지 자리를 옮겼다.

'뒤는 믿고 맡기는 수밖에 없군. 돌아갈 수 있다면 좋겠지만.'

자신의 부하가 된 지 얼마 안 되기는 했지만 지성단은 믿음직한 이들이었다. 이만큼 시간을 벌어주었으니 그들이라면 충분히 상단을 데리고 도주할 수 있으리라.

비록 정치적인 이유가 개입되었기는 하나, 별의 수호자에 소속된 무인에게 오성에 오른 것은 최고의 명예였다. 그렇기에 신자호는 적어도 지성으로서의 책임을 다하고자 했다.

"간다……!"

드드드드드!

신자호에게서 뿜어져 나오는 거센 기운의 파랑이 주변을 뒤흔들었다.

"정면승부인가? 멋지군. 사나이다운 일발 승부를 선호하는 녀석은 싫어할 수가 없어."

그 앞에서 구윤도 극양의 기운을 끌어 올렸다.

그리고 섬광과 폭염이 격돌하면서 무시무시한 폭발이 주변을 휩쓸었다.

2

"지성이 죽었다고?"

석준의 보고를 들은 귀혁이 깜짝 놀랐다.

난데없이 들려온 지성 신자호의 부고(訃告)는 별의 수호자에 충격을 던져주었다. 이 점에서는 귀혁도 예외가 아니었다.

석준이 대답했다.

"네, 강주성에서 중요한 상행을 호위하다가 그만……."

강주성이라면 하운국 동부에 위치한 곳이다. 별의 수호자 입장에서는 중요한 약재들을 생산하는 곳이기도 하다.

귀혁이 물었다.

"상대는 누구였지?"

새로운 지성은 귀혁과 다른 오성들 입장에서 보면 경륜이 부족한 애송이였다. 그러나 오성의 일원이 될 만한 무공을 지녔던 것만은 틀림없다. 그가 죽었다면 상대 역시 보통 고수가 아닐 터.

석준이 대답했다.

"염마존 구윤이었다고 합니다."

"칠왕이 다시 강호에 나선 건가. 숨죽이고 있는 동안 진용을 다시 갖추었다는 뜻이군."

이십 년 전, 귀혁은 다른 오성들과 함께 광세천교를 말살하는 싸움에 참여했다. 그 싸움은 별의 수호자 단독으로 치른 것이 아니라 여러 세력이 연합했기에 당시 최고의 성세를 누리던 광세천교를 압도할 수 있었다.

그 싸움에서 광세천교는 광세천의 지상대리인으로 불리는 교주가 회복할 수 없는 중태에 빠지고 칠왕 중 다섯이 전사하는 엄청난 타격을 입었다.

그것으로 광세천교의 위협은 한동안 강호에서 사라졌다. 어둠 속에 숨어서 민중을 사특한 가르침으로 미혹하는 사교로서의 움직임은 완전히 멈추지 않았지만, 적어도 전면에 등장해서 분탕질을 치는 일은 없어졌다.

하지만 이십 년이 지나 지금, 그들은 다시 강호에 모습을 드러낼 준비를 갖춘 모양이다.

귀혁이 심각한 얼굴로 말했다.

"다시 모습을 드러냈다는 건 자신이 있다는 뜻이겠지. 구윤 말고 다른 칠왕에 대해서는 아직 파악된 바가 없나?"

"예, 유감스럽게도……."

"골치 아프게 됐군. 누가 후임 지성이 되든 사실상의 전력 공백인데……."

어쨌거나 신자호는 현재 오성의 자리를 노릴 수 있는 후기지수 중에서는 최강임을 공인받은 이였다. 그러니 다른 이를 발탁해 봤자 그보다 못할 수밖에 없다.

석준이 말했다.

"그래서 장로회에서도 원로들께 부탁을 드린다고 합니다."

"차라리 그게 낫지. 지금은 미래의 가능성보다는 당장의 든든한 버팀목이 필요하니……."

오성 말고도 별의 수호자 내부에는 강자가 수두룩했다. 당장 나이가 차서 은퇴한 전임 지성이 그렇고, 한때 오성의 자리를 노렸으나 경쟁에서 탈락한, 그 이후 기회를 부여받지 못하고 나이가 들어버린 노고수들도 빼먹어서는 안 된다. 이들 중에는 신자호를 능가하는 무위의 소유자가 적지 않았다.

석준이 말했다.

"당분간은 주요 상행에는 충분한 호위 병력을 대동하는 것으로 결정이 났습니다. 영성님도 좀 바빠지시겠지요."

"쯧. 형운이를 가르칠 시간이 줄어들겠어."

귀혁이 혀를 찼다. 하지만 상황이 이런데 제자 가르치겠다고 일을 안 할 수도 없는 노릇이다.

3

얼마 후, 귀혁이 외부에 나서게 되었기 때문에 형운은 간만에 휴식을 얻었다. 요즘은 두 달 동안 하루도 쉬지 못하고 들들 볶였기 때문에 귀혁이 자리를 비운다는 소리를 들었을 때는 만세를 불렀다.

그것도 귀혁 앞에서.

"일주일! 일주일씩이나 자리를 비우신다고요? 와!"

귀혁이 혀를 찼다.

"이젠 표정 관리도 안 하는구나?"

"사부님 앞에서 그런 거 해서 뭐해요?"

형운은 많이 뻔뻔해져 있었다. 적어도 귀혁 앞에서는 그랬다.

귀혁이 투덜거렸다.

"거참, 작년까지만 해도 내 제자는 훨씬 귀여운 녀석이었던 것 같은데……."

"이게 다 사부님 교육의 성과 아니겠어요? 좀 더 스스로에게 솔직하고 당당한 사람으로 거듭난 거죠."

"그렇군. 그러니 수련 강도를 좀 더 높여도 되겠구나?"

"윽."

귀혁의 말에 까불거리던 형운이 움찔했다. 형운이 비굴하게 웃었다.

"하하하. 사부님도 참. 제자가 좀 사부님께 친밀함을 표시했다고 그걸 기분 나빠하시면 되나요?"

"녀석."

형운이 뒤로 돌아가서 어깨를 주무르는 시늉을 하자 귀혁이 피식 웃었다.

문득 형운이 장난기를 지우고 진지한 표정으로 물었다.

"그런데 사부님."

"음?"

"이번에 나가시는 일, 많이 위험한 건 아니죠?"

형운도 지성의 부고를 전해 들었다. 절대적인 강자라던 오성 중에 하나가 죽었다는 소식은 형운에게도 충격이었다. 무엇보다 귀혁도 오성의 일원이기에 그 문제가 현실적으로 다가왔던 것이다.

귀혁이 말했다.

"걱정 말거라."

"정말요?"

"그래, 문제없단다. 그 일 이후로 우리 조직도 허술하게는 움직이지 않으니까 안심해라."

"그렇다면야……."

안도의 한숨을 내쉬던 형운은 갑자기 눈빛을 바꾸면서 전광석화처럼 움직였다.

팟!

"큭!"

옆을 향해 질풍처럼 달려들던 형운의 손이 튕겨 나갔다. 형운이 귀혁을 방심시키고 창가에 놓여 있던 곶감을 노리고 움직이는 순간, 귀혁이 그것을 막아냈기 때문이다.

하지만 형운의 움직임은 거기서 끝나지 않았다. 마치 귀혁이 자신의 손을 튕겨내는 것까지도 계산한 것처럼 물 흐르는 듯한 움직임으로 옆으로 빠지더니 발로 곶감 바구니를 걷어찬다.

파바바바밧!

곶감 바구니 앞에서 무시무시한 속도의 공방이 벌어졌다.

그 결과, 형운은 귀혁에게 등을 밟힌 채 버둥거리고 있었다.

"큭, 이번에야말로 성공할 수 있었는데!"

"많이 늘었구나."

"아깝다."

"이제 좀 쓸 만하구나. 나한테야 어림없지만 호위들은 애 먹겠는데?"

"에이, 가려 누나도 엄청 세서 아직 어림도 없어요."

형운이 귀혁의 발밑에서 빠져나오면서 손사래를 쳤다.

지금의 공방은 귀혁이 이전에 형운과 가려가 과자를 놓고 벌인 공방을 듣고 제안한 것이다.

귀혁과 함께 있는 동안, 곳곳에 달달한 먹거리를 놓아둘 것이다. 그리고 형운이 어떻게든 귀혁의 허점을 만들어서 그걸 노리는 것을 허락한다.

예전의 형운이었으면 엄두도 못 내고 포기했으리라. 하지만 철저하게 제한된 식생활 속에서 형운이 느끼는 짜증은 상상을 초월했다.

그 결과 먹거리가 포상으로 걸렸다는 이유만으로 온갖 잔머리를 쥐어짜내 가면서 귀혁에게 도전하고 있었다.

귀혁이 흥미를 보였다.

"흠. 내공 수위도 3심을 이루었으니 슬슬 호위를 두 명으로 늘려야 하나 싶었는데 그 아이 하나로 충분하단 말이냐?"

형운은 벌써 내공 수위가 3심에 이르렀다. 어느 정도 기초가 잡히자 귀혁이 백혼단(白魂丹)이라는 뛰어난 비약을 먹인 덕분이다.

"윽. 그것만은 제발… 최소한 제가 한 번이라도 가려 누나의 손을 피해서 성공하고 나서 그런 조치를 취하세요!"

귀혁은 형운이 호위들을 상대로도 같은 일을 하는 것을 허용했다. 형운의 시도를 막을 때마다 호위들은 포상을 받고, 실패하면 징계를 받는 조건이었다.

예전 같았으면 형운은 가려가 입을 피해를 생각해서 모질게 나가지 못했으리라. 그러나…….

'누나가 나 때문에 챙긴 포상이 얼만데, 봉급 삭감 좀 당해도 되잖아!'

그렇다. 귀혁은 호위에게 내릴 징계를 봉급 삭감으로 제한했던 것이다.

여태까지 무수한 시도가 차단당했기에 가려도, 야간 호위들도 두둑한 포상을 챙겼다. 이런 상황에서 형운이 그들의 봉급 삭감 정도에 움츠러들 리가 없었다.

귀혁이 능글맞게 웃었다.

"벽은 언제나 넘기 직전에 조금씩 높여놔야 계속 정진하는 법 아니겠느냐?"

"한 번이라도 벽을 넘었다는 성취감이 있어야 더 높은 벽에 도전할 의욕이 생기는 법입니다!"

"오, 내 제자가 말솜씨가 많이 늘었구나. 글공부를 열심히 한 보람이 있는데?"

형운은 그동안 글 읽고 쓰기를 다 배우고 이제는 틈틈이 기초 학문들을 배우고 있었다. 워낙 무공 수련에 할애하는 시간이 많아서 그리 많은 시간을 배우지는 못하지만 집중력이 좋다는 평가를 받았다.

'글공부 좋잖아! 재미있고 신나는 글공부! 안 아프고! 안 힘들고!'

처음 학문 수업을 시작했을 때만 해도 형운은 안 졸기 위해 필사적이었다.

그러나 학문 수업의 성과가 나쁘면 그만큼 무공 수련 시간이 늘어나는 조치를 취하자 엄청난 집중력을 보였다. 사람은 고통을 피하기 위해서라면 무엇이든 할 수 있는 법이다.

귀혁은 그런 형운의 변화가 즐거웠다. 시간이 갈수록 자신을 편하게 여겨서 까불거리는 것도, 자신이 계획한 대로 착착 성장해 주고 있는 것도…….

'아니, 성장 면에서는 기대 이상이지.'

형운을 성장시키는 방법은 귀혁이 평생을 연구해 온 성과였다.

자신에게 실험해 보았고, 어느 정도 한계를 느끼면서 시행착오를 거친 결과다. 현재도 형운에게 투입한 뒤 결과를 보면서 시행착오를 거치고, 더 나은 방법을 고민한다.

형운의 재능이 워낙 열악했기에, 그리고 초기에 남을 가르쳐 본 적이 없는 귀혁의 예상을 훨씬 밑도는 부분들 때문에 기대치를 많이 낮추고 있었다. 하지만 형운은 우려를 불식시킬 정도로 훌륭하게 성장해 갔다.

'재미있군. 정말로… 내 사부도 이런 기분이었나?'

귀혁을 가르쳤던 이는 많다. 그러나 귀혁이 스승으로 여기는 이는 단 하나뿐이었다.

그 스승은 무공을 가르친 이가 아니다. 무공도 가르쳐 주기는 했지만 그리 비중이 크지 않았다.

스승은 무학자로서의 스승이었다. 별의 수호자 내에서 5대에 걸쳐서 한 가지 목표를 추구해 온 일파인 그는 평생의 연구 성과를 귀혁에게 전수하고 세상을 떠났다.

'성운을 먹는 자.'

성존이 언급한 그것이 바로 귀혁에게 과업을 맡긴 일파가 이루고자 하는 꿈이었다.

그 후 귀혁은 뛰어난 재능의 무학자들이 5대에 걸쳐 연구해 온 것을 자신의 대에 이루기 위해 전력을 다했다. 그러나 평생에 걸쳐 노력해 온 결과, 스스로 이루기는 무리가 있다는 결론을 내렸으면서도 어떻게든 그 한계를 극복해 보고자 했다.

그 과정에서 나온 방법 중 하나가 무학자로서의 자산과 상관없이 자신이 선택한 인재를 통해 목적을 이루는 것이다.

'두고 보시오, 성존.'

귀혁은 창밖으로 보이는 성혼좌에 시선을 던지며 생각했다.

'당신의 천 년에 걸친 집착은 내 제자가 끝내줄 테니.'

4

일주일씩이나 장기 휴가를 얻은 형운은 신이 났다.

물론 그렇다고 해서 그동안 뒹굴거리며 지낼 수 있는 것은 아니고 기본적으로 소화해 내야 할 수련 일정들이 있었다. 그래도 귀혁이 옆에 있을 때보다는 훨씬 편하고 여유가 있었다. 심지어 그중 이틀은 정말 기초 수련만 하고 완전한 휴식을 취할 것을 허락받기까지 했다.

"아, 뭐하고 놀지?"

형운의 중얼거림에 전속 시녀인 예은이 제안했다.

"밖에 나가 보시지 그래요?"

"응?"

"공자님은 한 번도 밖에 안 나가셨잖아요?"

"그건 그런데……."

여기에 온 지 일 년하고도 넉 달이 지났지만 형운은 여전히 별의 수호자 총단을 벗어나 본 적이 없었다. 그러기는커녕 특별한 일정이 없는 한 영성의 저택에서 나가지 않으려고 했다.

물론 영성의 저택만 해도 워낙 넓어서 갇혀 지낸다는 느낌은 전혀 없다. 하지만… 외로웠다.

휴일을 받으면 뭘 하나? 할 일이 없는 것을.

'놀고 싶어도 같이 놀 녀석이 있어야지.'

여기 온 뒤로는 또래 친구라고는 하나도 없는 삶을 살고 있는 것이다.

그렇다고 여기에 아이들이 하나도 없는 건 아니다. 당장 예은만 해도 형운보다 두 살 어린 소녀가 아닌가?

하지만 그들 중에 형운과 대등하게 지낼 수 있는 이들은 없었다. 예은도 그동안 형운을 대하는 태도가 많이 편해지긴 했지만 여전히 자신이 아랫사람임을 잊지 않는 모습이었다.

'마곡정 그놈만 아니었어도…….'

형운은 마곡정이 정말 원망스러웠다.

형운이 영성의 저택에서 안 나가는 건 마곡정에게 크게 데였던 경험 때문이다. 죽음을 떠올릴 정도로 무서웠던 체험이 밖으로 나가길 주저하게 만들었다.

그리고 마곡정과의 일은 형운에게 잔인한 현실을 알려주었다. 이곳에서 그와 대등한 입장의 또래는 경쟁자일 뿐 친구가 될 수 없다는 것을.

그런 탓에 형운은 쓸쓸한 나날을 보내고 있었다. 사부인 귀혁과 함께 보내는 시간이 좋고, 이곳 사람들과도 좀 편해지긴 했지만 아무 생각 없이 대할 수 있는 동년배 친구가 없는 외로움은 어쩔 수 없었다.

　문득 뇌리에 떠오르는 사람이 있었다.

　'그놈은 뭘 하고 있을까?'

　이곳에 온 뒤로 우정 비슷한 거라도 느껴본 사람이 있다면, 그건 바로 천유하였다.

　우스운 일이지만 처음에는 그토록 적대감을 느낀 녀석이 함께 목숨을 걸었던 짧은 경험만으로도 친밀한 대상으로 변해 버렸다. 다시 한 번 만나서 무공을 논하고, 서로가 겪어온 일들을 이야기해 보고 싶었다.

　문득 형운이 입을 열었다.

　"가려 누나."

　"……."

　"아, 부르면 나와 보세요, 좀."

　그러자 가려가 유령처럼 뒤쪽에서 나타났다. 그녀의 은신술에 익숙한 형운은 태연했지만 예은은 움찔 놀랐다.

　가려가 말했다.

　"다른 사람들 앞에서 이렇게 부르시면 곤란합니다만……."

"어차피 예은이도 누나가 거기 있는 거 다 아는데요, 뭘."

형운이 가려를 상대로 먹거리 다툼을 시작한 뒤, 예은뿐만 아니라 주변 사람들도 그녀의 존재를 알게 되었다. 은밀하게 형운을 호위한다는 당초 취지가 심각하게 훼손되었지만 귀혁은 그보다 형운이 이 '놀이'를 통해서 얻는 것이 많다고 판단했다.

형운이 말했다.

"두 가지 부탁할 게 있어요."

"말씀하시지요."

"성운의 기재 천유하의 행보에 대해서 정리해서 보고서를 주세요. 딱딱하게 사실 언급만 하지 말고 좀 구체적으로요."

"알겠습니다. 그런데 말씀하신 대로 하려면 며칠 걸릴 수도 있습니다만……."

"그 정도야 괜찮아요. 아, 아니면 누나 목소리도 듣기 좋으니까 누나가 직접 이야기해 주는 것도 괜찮은……."

"…최대한 빨리 조치해 달라고 말해두겠습니다."

가려가 단칼에 형운의 희망사항을 잘라버렸다. 형운이 아쉬운 듯 입맛을 다시며 말했다.

"그리고 이건 누나한테 권한이 있는지 모르겠는데, 저 외출 가능해요?"

"외출이라면 어디로 외출하는 걸 말씀하시는 겁니까?"

"총단 밖으로요. 성해 구경을 좀 하고 싶어서……."

"그건 제 권한 밖입니다. 호위대장님께 여쭤보겠습니다."

"부탁해요. 내일로 하죠. 아, 혹시… 예은아?"

"네, 공자님."

"만약 허가가 나오면 너도 같이 가지 않을래? 너도 내 권한으로 휴가를 받는 걸로 해서……."

"네?"

예은이 눈을 휘둥그레 떴다. 생각지도 못한 일이었기 때문이다.

형운이 말했다.

"혼자 나가면 심심할 거 같아서. 혼자 나가봤자 별로 할 일도 없으니까."

혼자 밖에 나가봤자 음식 냄새 때문에 괴롭기나 할 것이다. 사실 형운이 그동안 외출을 안 한 것에는 그런 이유도 있었다. 먹지도 못할 음식들이 냄새로 자신을 미치게 하는데 과연 버틸 수 있을까?

'예은이라도 옆에 있으면 자제가 좀 되겠지?'

시내에서 이성이 끊어져서 난동을 부리게 되는 건 사절이다. 설마 그렇게까지 생각 없이 행동할 것 같냐고 스스로를 믿을 수도 있겠지만…….

'그건 마치 술꾼이 스스로의 자제심을 믿고 술을 계속 처

마시는 거랑 똑같지!

그동안의 경험으로 형운은 스스로의 자제심을 절대 믿지 않았다. 극단적인 식사 제한으로 인해서 달콤한 냄새를 맡기만 해도 눈이 돌아가 버린다.

예은이 얼굴을 붉히면서 말했다.

"저야 공자님이 데려가 주신다면……."

"그럼 그렇게 하자. 난 시내 잘 모르니까 그날은 예은이가 가고 싶은 곳을 정해줘."

그렇게 말한 형운은 문득 생각났다는 듯 쓴웃음을 지으며 덧붙였다.

"아, 근데 허가가 안 날 수도 있으니까 너무 기대하진 마. 만약 못 나가서 실망하면 내가 너무 미안하니까."

"네."

예은은 형운을 안쓰러운 눈으로 바라보며 대답했다.

5

결국 형운의 외출은 휴일 마지막 날에야 허가가 났다.

가려의 보고를 들은 석준 역시 자기 선에서 결정할 일이 아니라고 판단, 임무 수행을 위해 외부로 나간 귀혁에게 소식을 전하고 답변을 받는 과정에서 시일이 소요되었기 때문이다.

"우와, 진짜 공기가 확 다르네."

형운은 총단 정문을 나서자마자 기온이 달라지는 것을 느끼고는 기가 막혔다. 아무리 그래도 문을 통해서 공기가 밖과 순환되고 있을 텐데 어떻게 딱 기환진의 경계를 지나는 순간 기온이 달라진단 말인가?

그나마 다행이라는 것은 시기가 10월이라 밖이 가을이라는 점이다. 좀 쌀쌀하긴 했지만 총단 안과 극단적으로 차이나진 않았다. 여름이나 겨울이었다면 차이가 어마어마했을 것이다.

"예은이 너는 어때? 자주 밖에 다니니?"

"아니요. 저도 한 달에 한두 번밖에 못 나와요."

형운의 전속 시녀로 일하고 있는 예은도 한 달에 하루씩은 정기적으로 휴일을 받고, 그 외에도 특별한 일이 있으면 쉬고는 했다.

하지만 심부름을 나가지 않는 한 총단 안에서만 살았다. 밖에 집이 있어서 출퇴근하는 고용인들이라면 모를까, 총단 내부에서 사는 이들은 대부분 그랬다.

형운이 말했다.

"그렇구나. 가고 싶은 데는 정했어?"

"몇 군데 생각해 봤는데요."

"뭐 먹고 싶은 거 있으면 얼마든지 말해. 용돈 두둑하게 받

왔거든."

형운이 품에 들어 있는 전낭을 만지작거리면서 말했다. 그 속에는 형운이 상상도 못해본 액수의 돈이 들어 있었다.

'이거 진짜 하루 용돈으로 써도 되는 거야?'

그래도 된다고 듣기는 했는데 아무리 봐도 뭔가 절차상의 실수가 있었던 게 아닌지 의심되었다.

예은이 말했다.

"먹을 건 괜찮아요."

"어? 왜? 뭐 어디 고급 식당 같은데 가서 먹고 싶은 거 먹어도 되는데?"

"그건 정말 괜찮아요."

예은이 살짝 얼굴을 붉히면서 고개를 저었다.

그도 그럴 것이 예은은 형운이 얼마나 먹을 것 문제로 시달리고 있는지 잘 아는 것이다. 그런데 그 앞에서 자기만 맛있는 음식을 먹는다면 그게 도대체 무슨 개념 없는 짓이겠는가?

그런 속내가 뻔히 티가 났기 때문에 형운이 말했다.

"난 신경 쓰지 말고 먹어. 아니, 나 대신 네가 좀 먹어줬으면 좋겠어."

"네?"

"그러니까 뭐랄까… 네가 먹는 걸 보면 대리만족을 할 수 있을 것 같거든."

형운은 자기가 말해놓고도 어이가 없었는지 피식 웃었다. 지금도 먹을 것 냄새만 맡아도 눈이 돌아가는 주제에 남이 맛나게 먹는 것을 보면서 대리만족을 하겠다니.

하지만 진짜로 그럴 수 있을 것 같다. 그래서 애당초 그럴 생각으로 예은을 데리고 나온 것이다.

성해 시내는 번화했다. 호장성과는 비교도 안 될 정도라서 거리를 걷는 동안에도 형운은······.

'괴로워!'

시각과 후각을 유린하는 음식들 때문에 고통스러워했다.

원래 음식 장사는 냄새로 한다는 말이 있다. 하필이면 외출한 것이 점심 무렵이다 보니 객잔마다 문을 활짝 열어놓고 음식 냄새를 풀풀 풍겨대는데 형운 입장에서는 진짜 미치고 환장할 지경이었다.

'으아, 냄새만으로도 죽을 것 같은데!'

그런데 객잔마다 만두를 내놓고 팔고 있질 않나, 노점상에서는 꼬치구이와 당과를 팔고 있어서 시각적으로도 공격받는다.

'아, 안 되겠어. 이건 미친 짓이야.'

외출 따위는 하는 게 아니었다. 음식들의 먹음직스러운 자태와 향기로운 냄새를 맡다 보니 입안에서 군침이 질질 흐르고 현기증이 난다.

예은이 형운의 소매를 잡으면서 물었다.

"…공자님, 괜찮으세요?"

"아? 응. 괜찮아. 괜찮고말고. 아암."

형운은 침을 닦으면서 횡설수설했다.

자신을 걱정스럽게 바라보는 예은을 보자 좀 정신이 들었다. 평소에는 감정을 잘 드러내지 않는 예은이 걱정스러운 표정을 짓고 있는 것이 귀여워 보였다.

'이런 여동생이 있으면 좋을 텐데.'

높은 신분의 사람을 모실 시비를 뽑을 때는 용모가 단정한 것도 조건이 된다. 그러다 보니 예은도 어리지만 예쁘장한 용모를 가졌다.

'내가 뭔 생각을 하는 건지 원.'

형운은 피식 웃었다. 가족이 없이 자라서 그런가, 형운은 때때로 누군가가 자신이 믿고 의지할 수 있는 그런 사람이 되어주길 바랐다. 하지만 별의 수호자에서의 인맥이 삭막하기 그지없는지라 예은이 굉장히 소중했다.

어쨌든 예은을 데려오길 잘했다. 아니면 벌써 폭주했을 것이다.

"우리 어디 들어가자. 예은이는 식사 안 했지?"

"아, 전 괜찮아요."

"괜찮기는. 난 일찌감치 먹었으니까 어디든 가자. 가려 누나."

—네.

속삭이듯 이름을 부르자 가려에게서 대답이 들려왔다. 전음이었다.

"여기 유명한 객잔이 어디예요?"

—이 근방이라면 화정루가 가장 고급 객잔입니다.

"고마워요. 위치 알려줄래요?"

예은에게 물어봤자 제대로 대답 못할 것이 뻔했는지라 가려에게 물은 것이다. 그런 배려를 눈치챈 예은의 얼굴이 빨개졌다.

가려가 말했다.

—그런데 정말 괜찮으시겠습니까?

"이제 와서 뭘. 저 지금 잘 참고 있는 거 안 보여요?"

—입에서 침이 질질 흐르고 있습니다만…….

"윽."

형운은 다시금 침을 닦았다.

두 사람은 곧 번화가 한복판에 있는 화정루로 향했다. 화려한 칠 층 누각은 척 봐도 어지간히 돈이 많지 않고서야 출입할 수 없을 것 같았다.

'이런 데 들어가도 되나?'

형운 입장에서는 보호자도 없이 들어가도 되는지 고민될 정도였다. 잠시 망설이고 있자니 예은이 말했다.

"공자님, 저 정말 괜찮아요."

"아, 아니. 그런 문제로 고민한 거 아냐."

형운은 깜짝 놀라서 손사래를 쳤다. 그리고 예은의 손을 잡고 안으로 들어갔다.

"어서 오십시오!"

형운이 부잣집 도련님처럼 차려입고 나왔기 때문에 안에서는 어리다고 쫓아내지 않고 손님으로 맞이했다. 형운이 물었다.

"둘이서 조용히 먹을 수 있는 곳 있어요? 기왕이면 높은 데면 좋은데?"

"그런데는 가격이 좀 비쌉니다만."

점원은 그렇게 말하면서 흘끔 예은에게 시선을 주었다. 형운은 척 봐도 부잣집 도련님처럼 차려 입었지만 예은은 아니다. 나름 신이 나서 외출복을 차려입었지만 형운과 많이 비교가 되었다.

그 시선을 눈치챈 형운이 발끈했다.

"얼마면 되는데요?"

"삼 층 방을 쓰시면 은화 한 냥은 듭니다. 그 위층은 더 비싸고요."

"……."

순간 형운의 표정이 굳었다.

'세상에. 식사하는데… 그것도 음식값도 아니고 그냥 그 자리 차지하는 데 은화 한 냥이냐!'

은화 한 냥이면 길거리에서 파는 꼬치구이를 오십 개도 넘게 먹을 수 있다. 형운 입장에서는 그런 돈을 한 번에 쓴다는 것만으로도 현기증이 날 지경이었지만…….

"칠 층은 얼만데요?"

전낭이 어찌나 두둑했는지 예은이를 위해서라면 그쯤은 감수해 주겠다는 오기가 생겼다. 열다섯 살 소년이라면 당연히 여자아이를 옆에 두었을 때 허세가 폭주하는 법이다.

"칠 층은 금화 한 냥입니다."

'제정신이냐!'

뭔 자리 하나 차지하는데 이런 어마어마한 돈을 받는단 말인가?

형운은 현기증이 날 것 같았지만 애써 표정을 관리하며 말했다.

"전망 좋은 방으로 주세요."

그리고 곧바로 전낭에서 금화 하나를 꺼내서 직원에게 건네준다. 전낭을 풀고 금화를 짚을 때부터 손이 덜덜 떨렸지만…….

'간다! 감극도 무심반사경!'

…비장의 무공까지 사용해서 심리적인 반감을 무시하고

태연한 척 건네줄 수 있었다.

예은이 당황해서 몸을 떨었다.

"저기, 공자님. 저는……."

"괜찮아. 나도 정말 오랜만에 외출한 거니까 이 정도 사치
는 부려 봐야지."

형운이 미소 지었다.

'쫄지 마! 나도 돈 많다! 금화 한 냥 따위 괜찮아! 괜찮은 거
다!'

형운은 필사적으로 자신을 설득했다.

하지만 그러면서도 예은에게는 금화 한 냥의 지출 따위는
전혀, 눈곱만큼도 신경 쓰지 않는다는 듯 여유로운 표정을 지
어 보이는 게 중요하다. 형운은 그 어느 때보다도 허세를 부
리기 위해 총력을 기울이고 있었다.

이쯤 되자 직원도 형운을 그저 어린 소년으로 볼 수 없다는
사실을 깨달았다. 태도가 조금 전보다 한층 더 공손해졌다.

"곧바로 안내해 드리겠습니다."

둘은 칠 층으로 안내되었다.

형운은 몰랐지만 화정루의 칠 층이라면 꽤나 돈 많은 부호
거나 아니면 관리 중에서도 높으신 분이나 이용하는 곳이었
다. 아무리 부잣집 아들이라도 열다섯 살 소년이 열세 살짜리
소녀를 데리고 올 만한 곳은 아니다.

거기에 올라온 형운은 생각했다.

'에게? 고작 이거에 금화 한 냥씩이나 받아먹은 거야?'

화정후 칠 층은 높아서 전망이 좋았다.

거기에 금화 한 냥을 내야만 자리를 쓸 수 있을 정도로 호화로웠다.

'칠 층 별로 높지도 않구만. 에이, 괜히 돈 버렸네.'

하지만 별의 수호자의 건물들보다 높지는 않았다. 형운은 형운은 심심하면 전각을 경공으로 타고 올라가서 전경을 보는 걸 좋아하다 보니 여기서 내려다보는 경치가 영 시시했다.

예은도 말했다.

"의외로 별거 없네요."

"그러게."

화정루가 호화로워 봤자 영석의 전각에 비하면 별것 아니다.

형운이 워낙 궁상을 떨어서 그렇지, 영성의 거처는 물질적인 호화로움만 보면 황궁 빼고는 비교할 만한 곳을 찾기 어렵다. 언제나 그런 곳에서 지내는 형운도, 예은도 호화로움을 판단하는 눈이 굉장히 높아져 있었다.

예은이 배시시 웃었다.

"그래도 이런 데 와 보는 건 처음이라 가슴이 두근두근해요."

"그래? 음식이 맛있으면 좋겠네. 가려 누나."

―네.

"내려와서 같이 들어요."

―사양하겠습니다.

"분명히 이 인분 나올 텐데, 난 못 먹잖아요. 예은이 혼자 먹게 하는 것도 썰렁하고."

―…….

"명령이에요. 나오세요."

형운이 강한 어조로 말하자 가려가 어쩔 수 없다는 듯 모습을 드러냈다.

예은이 깜짝 놀랐다. 그녀가 아주 자연스럽게 옆에 있는 병풍 뒤에서 걸어 나왔기 때문이다.

"와……."

종종 보는 거지만 형운을 호위하는 이들의 은신술이란 놀랍기 그지없었다. 어떻게 사람이 저렇게 감쪽같이 숨을 수 있을까?

가려가 한숨을 쉬었다.

"이런 식으로는 제대로 호위를 할 수 없습니다."

"애당초 모습을 감춰야만 호위가 성립한다는 생각이 잘못 됐어요. 잘 생각해 보세요. 저도 아직 미성년이고 예은이는 애잖아요. 그죠?"

"그렇지요."

"그럼 우리가 어떻게 보이겠어요? 돈 많은 집안의 도련님이랑 여동생쯤으로 보이겠죠?"

"여동생이라니……."

형운의 말에 예은이 부끄러워했다. 고용인인 그녀 입장에서는 형운이 휴가까지 주면서 이런 곳으로 데려와 주는 게 황송할 지경이었다. 그런데 여동생이라니…….

'형운 공자님 같은 오빠라면 괜찮을지도?'

예은은 오빠가 없고 동생만 있지만, 형운 같은 오빠가 있으면 좋을 것 같다. 신분이 높으면서도 아랫사람들에게 함부로 대하지 않고 자신에게도 잘 대해줘서 친근감이 느껴진다.

형운의 말이 이어졌다.

"이러면 사람들이 더 위험한 눈으로 보기 쉽지 않아요? 오히려 어른이 한 명 보호자로 있어줘야 하는 거 아니에요?"

"……."

구구절절 옳은 소리라 가려는 반박할 말을 떠올릴 수 없었다. 그녀가 우물쭈물했다.

"그, 그렇지만……."

"그렇지만?"

"제가 사람 많은 데는 도저히… 숨어 있지 않으면 안정이 안 되어서……."

"……."

형운이 멍청한 얼굴로 그녀를 바라보았다. 여태까지 무슨 말을 하건 철저하게 모습을 감추고 있었던 게 설마 그런 이유 였나?

"아, 알았어요. 일단 나와서 먹기나 해요. 나 참."

가려는 어쩔 수 없이 자리에 앉았다. 그런 그녀를 형운과 예은이 빤히 바라본다.

두 사람의 시선에 가려가 당황해서 물었다.

"왜, 왜 그러십니까?"

"아니… 저기, 왜 보는지 몰라요?"

"모르겠습니다."

"진짜로?"

형운이 어이없어하면서 예은을 보았다. 예은 역시 백번 동 감한다는 듯 고개를 끄덕였다.

하지만 가려는 정말 모르겠다는 듯 물었다.

"뭔가 잘못된 거라도……?"

"아, 진짜! 뭐 먹으러 온 사람이 도대체 왜 복면을 쓰고 있 는 거예요!"

그렇다. 가려는 모습을 드러내서 자리에 앉은 지금도 복면 을 써서 얼굴을 가렸던 것이다.

새카만 옷까지는 그렇다 치자. 하지만 복면을 쓰고 있으니 진짜 무시무시하게 수상해 보인다.

"……."

"음식 들고 온 사람이 지금 누나를 보면 무슨 표정을 지을 것 같아요?"

"그, 그렇군요."

"복면 벗어요."

형운의 말에 가려가 움찔했다. 하지만 형운은 강경한 태도를 고수했다.

"벗으라니까요. 저랑 예은이를 무슨 구설수에 오르게 하고 싶은 거예요?"

"으음."

가려는 살짝 떨리는 손으로 복면을 벗었다. 주저주저하면서 복면을 푸는 그녀를 보면 형운의 시선이 흥분으로 물들었다.

'오, 드디어! 마침내!'

형운은 지금까지도 가려의 맨얼굴을 본 적이 없었던 것이다. 한 번쯤 꼭 보고 싶었는데 이렇게 소원을 이룰 기회가 올 줄이야!

마침내 가려가 복면을 벗었다.

예은이 손으로 입을 가리며 감탄했다.

"무사님, 예쁘시다……."

"무, 무슨 말도 안 되는 소리를……."

얼굴이 새빨개진 가려가 형운과 예은의 시선을 피했다.

복면을 벗은 가려는 형운이 생각했던 것보다 앳된 인상의 소유자였다. 물론 그렇다고 해서 형운보다 어려 보인다는 뜻은 아니다. 두세 살 정도 많지 않을까?

'이 누나 생각보다 나이가 안 많네?'

그래도 지금까지 한 스무 살 정도는 됐을 거라고 생각했다. 좀 맹한 구석이 있긴 해도 자신의 호위무사를 할 정도면 그 정도 나이는 되지 않았겠는가?

'이런 나이에 아줌마라고 불렀으니 열 받을 만도 하구나.'

형운은 가려와의 첫 만남을 떠올리고 픽 웃어버렸다. 묘령의 소녀에게 아줌마라고 불렀으니 화를 낼 수밖에.

가려는 눈매가 좀 날카롭긴 하나 누가 봐도 눈길을 줄 만한 미모의 소유자였다. 그녀는 얼굴을 새빨갛게 붉힌 채 시선을 피했다.

"그, 그렇게 빤히 바라보지 말아주세요."

"……."

순간 형운과 예은은 완벽하게 같은 심정을 공유했다.

'귀여워!'

자기들보다 어른인데! 어둠 속에 숨어서 철두철미하게 임무를 수행하는 호위무사인데! 그런데 왜 이렇게 귀여워 보이는지 모르겠다. 형운이 그렇게 생각하며 예은을 바라보니 그녀도 똑같은 심정으로 고개를 끄덕이고 있었다.

형운이 말했다.

"예쁜데 왜 그렇게 열심히 가리고 다녀요?"

"그런 농담은 하지 말아주십시오."

"진짠데. 그리고 다른 호위분들은 얼굴 안 가리고 다니잖아요?"

형운이 아는 한 자신의 호위무사 중에 여자는 가려가 유일했다. 그리고 남자 호위무사 중에 복면으로 얼굴을 가리고 다니는 이는 없었다.

가려가 모기 소리만 한 목소리로 말했다.

"얼굴을 내놓고 다니면 놀리는 사람이 많아서……."

"네?"

"못생겼다고 놀리는 사람이 많아서 가리고 다닙니다!"

"……."

가려가 소리를 빽 질렀다.

형운과 예은은 멍청한 표정으로 서로를 바라보았다. 눈짓만으로도 서로 하고 싶은 말을 알 수 있을 것 같다.

'못생겨? 어디가?'

놀린 놈들은 다 눈깔이 삐기라도 했나? 아니면 가려가 살던 곳은 다 절세의 미인들만 사는 전설 속의 마을이었나?

황당해하는 동안 곧 음식이 나오고, 악기를 든 여인이 와서 부드러운 음악을 연주하기 시작했다.

"와, 이런 데는 밥 먹는데 음악도 연주해 주는구나."

형운이 악기를 연주하는 여인을 보며 신기해했다. 요리들이 호화롭고 열 사람은 배불리 먹일 정도로 많이 나오는 거야 그러려니 하겠는데 이건 좀 신기하다.

예은도 발갛게 상기된 얼굴로 웃었다.

"저도 이런 거 처음이에요."

"그러게."

형운은 고개를 끄덕이면서 옷 속에서 뭔가를 주섬주섬 꺼내 들었다. 예은이 물었다.

"공자님, 그게 뭐예요?"

"응? 아, 이건 내 간식이야."

"간식이요?"

"사부님이 만들어두고 가신 약식 과자야."

겉으로 보기에는 쌀가루로 튀겨낸 과자 같았다. 하지만 형운이 '과자'라는 것을 먹는 걸 본 적이 없는 예은은 그게 참 신기해 보였다. 무엇보다 가려가 형운이 먹는 걸 말릴 생각이 없어 보이지 않는가?

형운은 두 사람이 보는 앞에서 과자를 한입 베어 물었다.

"아……."

형운의 얼굴이 잠깐 찌푸려지나 싶더니, 이윽고 행복감으로 물들었다. 너무 행복해 보여서 절로 같이 미소가 지어질 정도였다.

예은이 물었다.

"공자님, 맛있으세요?"

"응? 아니? 맛없는데."

"네?"

예은은 순간 자기가 잘못 들었나 싶었다. 하지만 형운이 태연하게 말했다.

"엄청 맛없어. 지독할 정도로."

"…어, 그런데 방금 전에는 맛있게 드시는 것 같았는데."

"조금 먹어볼래?"

형운은 과자를 조금 쪼개더니 예은에게 건네주었다. 주저하면서 그것을 받아 든 예은이 입에 베어 물었다.

"욱."

그리고 예은의 표정이 처참하게 굳었다.

형운이 실실 웃으며 말했다.

"억지로 먹을 필요 없으니까 뱉어."

"우욱……."

예은이 과자를 입에서 떼고는 신음했다.

이 과자는 엄청나게 썼다. 도대체 어떻게 하면 이런 과자를 이렇게 쓰게 만들 수 있는지 짐작이 안 간다. 튀겨낸 겉 부분도 쓰고, 안쪽에 들어 있는 꿀을 굳혀놓은 것 같은 부분은 더더욱 쓰다.

그걸 형운은 또 한입 먹더니 행복하게 웃었다.

"아, 달다……"

"…달아요? 그게요?"

예은이 이해할 수 없다는 듯 물었다.

형운이 고개를 끄덕였다.

"응. 이거 달아."

"어디가요?"

"정말 달아. 지금 먹었을 때 쓴맛이 워낙 강해서 몰랐을걸. 먹어보면 구역질 날 것 같은 쓴맛 속에 꽤 강한 단맛이 섞여 있어."

"…그, 그래요?"

"응. 무진장 쓰지만, 어쨌거나 단맛이 있으니까 감각을 거기에만 집중하는 거야. 그럼 달아. 단맛 너무 좋다……"

이 년 가까이 약선으로 고통받아 온 형운은, 마침내 귀혁이 이전에 말했던 대로 '쓰다고 느끼기 전에 자신이 즐거울 수 있는 감각에 집중하는' 경지에 이르렀던 것이다. 그야말로 지옥 속에서도 천국의 흔적을 찾아낼 수 있는 심오한 경지라 하겠다.

"아, 이것도 하루에 하나밖에 못 먹으니 금방 홀라당이네, 음."

형운이 순식간에 과자 하나를 다 먹고 나서 아쉬워했다. 그 모습을 본 예은은 자기 앞에 놓인 진수성찬과 그를 번갈아보면서 형용할 수 없는 복잡한 기분에 휩싸이고 말았다.

6

'하이고, 지옥이었다.'

화정루에서 나오는 형운은 안색이 해쓱해져 있었다.

그도 그럴 것이 고급스러운 음식들이 맛깔나는 모양새로 눈을 유혹하고 아주 맛있는 냄새로 후각을 자극했던 것이다. 도중에 몇 번이나 눈이 뒤집어질 뻔한 걸 손을 부들부들 떨면서 참았다.

형운이 물었다.

"음식 맛있었어?"

"네, 그런데 공자님은……."

"난 괜찮아. 그리고 과자도 먹었으니까."

하루에 하나밖에 못 먹는 약식 과자를 갖고 나온 것은 이때를 위함이었다. 그걸로 단맛을 보지 않았다면 정말 버틸 수 없었을지도 모른다.

"애당초 너 먹는 거 보러 나온 거라고 했잖아. 눈 호강은 충분히 했어."

형운은 태연한 척 미소 지었다.

'좋은 구경했지.'

무엇보다 가려가 얼굴을 새빨갛게 붉힌 채로 식사를 하는 건 정말 돈 주고도 볼 수 없는 볼거리였다. 그녀와 예은이 먹는 것을 보는 재미라도 없었으면 정말 못 버텼으리라.

'대리만족이 되긴 하는군.'

애초 생각했던 것과는 좀 다르지만 나름 괜찮았다. 지옥 같은 인내와 즐거움이 공존하는 시간이라고나 할까?

가려는 화정루를 나오자마자 다시 모습을 감추었다. 보호자 역할이나 하라고 말해도 듣지 않는 걸 보면 진짜 사람들 앞에 나서기 힘들긴 한가 보다.

"다음엔 어딜 갈까?"

"극장을 생각하고 있었어요."

"극장?"

"네, 경극을 상영한다고 해서……."

"경극이라……."

형운이 중얼거렸다. 경극은 길거리에서 싸구려 예인들이 하는 것 말고는 본 적이 없었다. 그것조차도 사람들 사이에 섞여서 어떻게든 구경 좀 해보겠다고 고생했었는데…….

예은이 물었다.

"싫으세요?"

"아니, 좋아. 근데 그 전에 한 군데 들렀으면 하는 데가 있
는데."

"어디요?"

"옷 가게에 가보자."

"옷 가게요?"

"응. 예은이 네 옷 사러."

"네에?"

예은이 눈을 휘둥그레 떴다. 형운이 말했다.

"예은이가 시간 내서 나랑 같이 나와 줬으니까 옷 하나 사
주고 싶어서."

"아, 아니에요. 여기서만 해도 황송한 대접을 받았는걸요.
괜찮아요."

"내가 안 괜찮아. 가보자."

형운은 조금 전, 화정루 점원이 예은을 볼 때의 시선을 잊
을 수가 없었다. 객잔에서 일했던 과거 때문에 그런 것을 민
감하게 알아채고 만다.

'괜히 그런 데 갔어.'

결과적으로 예은이 좋아하긴 했지만 그래도 미안한 건 어
쩔 수 없었다.

둘은 거리를 걸으면서 옷 가게를 찾았다. 그러던 때였다.

"앗!"

허름한 차림새의 아이 하나가 예은과 부딪치고 지나갔다. 넘어질 뻔한 예은을 잡아준 형운의 뇌리에 불길한 예감이 번뜩였다.

"예은아, 혹시 없어진 거 있어?"

"네? 아, 그게… 도, 돈주머니가 없어졌어요!"

예은이 깜짝 놀랐다. 오늘 외출해서는 형운이 돈을 다 냈지만 예은도 어느 정도 돈을 챙겨 나왔다. 그런데 돈주머니가 통째로 없어졌다.

"이 자식이! 가려 누나, 예은이 좀 부탁해요!"

객잔 심부름꾼으로 살았던 형운은 뒷골목의 생리에도 밝았다. 조금 전 아이는 소매치기였던 것이다.

형운이 달리기 시작했다. 거리에 복작거리는 사람들을 절묘하게 피해서 소매치기를 쫓는다.

'사람 많은 거 짜증나!'

하지만 소매치기 소년은 이런 데서 도망치는데 이골이 났다. 좀처럼 거리가 줄어들지 않는다.

'아직 다른 놈은 안 스쳐 간 거 같은데. 콱 위로 빠져서 경공을 써버려?'

소매치기는 혼자 활동하는 게 아니라 여럿이 한 조가 되어 움직이는 경우가 많았다. 한 명이 물건을 소매치기한 뒤 자연스럽게 군중 속에서 스쳐 가면서 물건을 넘긴다. 그러면 소매치기를 한 녀석이 잡혀도 수중에는 아무것도 없는 것이다.

형운은 거기까지 염두에 두고 있었다. 하지만 아직까지는 다른 녀석과 합류하는 모습은 눈에 띄지 않았다.

'예은이를 보고 있는 짧은 시간 동안에 처리했을 가능성도 있는데… 아니, 근데 그런 것치고는 하는 짓이 이상한데?'

소매치기 소년은 마치 형운에게 쫓아와보라는 듯 적당한 속도로 달아나고 있었다. 그래서 형운도 소란을 각오하고 경공을 쓰지는 않았던 것이다.

곧 소매치기 소년이 인적이 드문 골목으로 들어갔다. 형운은 주저 없이 그 뒤를 따라갔다.

그리고 곧바로 가속해서 소매치기 소년을 붙잡았다.

"어?"

소매치기 소년이 깜짝 놀랐다. 분명 골목에 들어올 때만 해도 삼 장 이상의 거리가 있었다. 그런데 뒤에서 발소리가 가까워지는 기척도 없이 붙잡혀 버린 것이다.

형운이 차가운 눈으로 그를 노려보며 말했다.

"작작해라."

"…너 뭐야?"

소매치기 소년이 어이없어했다. 형운은 무심하게 말했다.

"훔쳐 간 거 내놔라. 맞기 전에."

"허! 이게 간이 부었네. 너 지금 무슨 상황인지 알고… 컥!"

형운은 되려 자기를 위협하는 소매치기 소년의 말을 끝까지 들어주지 않았다. 주저 없이 손을 흔들어서 몸을 돌리게 한 다음 복부에 주먹을 꽂아 넣었다.

"꺽, 꺼억……."

"좋은 말로 할 때 들어라. 나 일반인은 패본 적이 없어서 힘 조절이 잘 안 될지도 모르거든?"

"엄후야! 괜찮냐?"

뒤쪽에서 깜짝 놀란 목소리가 들려왔다. 형운은 전혀 놀라지 않고 돌아보았다. 소매치기 소년이 괴로운 신음을 내면서 주저앉았다.

어느새 앞뒤로 포위당해 있었다. 소매치기 소년과 비슷한 허름한 차림새의 녀석이 셋이다.

"뭐 대충 이런 일일 줄 알았지."

형운은 골목에 들어서는 순간 이미 그들의 기척을 파악했다. 나름 모습을 철저하게 감췄다고 생각했겠지만, 감극도를 터득한 형운 앞에서 따로 은신술을 익히지도 않은 놈들이 기척을 감추는 건 불가능하다.

예전 같았으면 덜컥 겁을 집어먹었으리라. 하지만 그들을 바라보는 형운의 눈길은 차갑기만 했다.

"역시 패거리가 있는 곳으로 유인하는 거였군. 너희 같은 놈들 수법이야 뻔하지."

"이 자식, 지금 무슨 상황인지 파악이 안 되냐?"

"가진 걸 다 내놓고 싹싹 빌어도 될까 말까 한데 엄후를 쳐?"

"하."

적반하장 격으로 나오는 그들 앞에서 형운은 어이가 없어서 웃었다. 그리고…….

퍽!

"크억!"

엄후라는 놈을 걷어찼다.

"좋은 말로 할 때 내놓으라고 했잖아."

"조, 좋은 말이라니 이미 패놓고…….."

"좋은 말로 하고 있는 거야."

형운이 눈을 부라렸다. 힘으로 남을 핍박하고 남이 가진 것을 강탈해 가는 이런 놈들은 형운이 가장 싫어하는 부류에 속해 있었다.

"나 사람 패는 거 안 좋아해. 나한테 나쁜 마음을 품은 놈들이라고 해도 잘못 치면 부서질 것 같아서 좀 무섭거든."

"뭐라고? 뭔 개소리를 지껄이는…….."

"이런 뜻이야."

형운은 손을 들어서 골목의 벽을 후려쳤다.

"아."

아니, 그러다가 벽에 손이 닿기 전에 움찔하면서 멈췄다.

"…뭐하는 거야?"

소매치기 패거리들이 멀뚱멀뚱한 눈으로 바라보았다. 형운은 부끄러움에 얼굴을 붉히며 말했다.

"생각해 보니 이런데서 벽을 치면 민폐니까."

흠흠, 하고 헛기침을 하더니 발을 들어서 땅을 구른다. 그 동작 자체로 보면 아무런 힘도 없어 보였다.

꽈앙!

그런데 폭음이 울리며 땅이 뒤흔들렸다. 형운이 발을 떼니 거기에 선명한 족적이 남아 있었다.

형운이 물었다.

"이런 걸로 사람을 치면 어떻게 되겠어? 죽겠지?"

"……."

패거리들이 침을 꿀꺽 삼켰다. 그들은 그제야 형운이 세상 모르는 부잣집 도련님이 아니라는 것을 깨달았다.

'젠장, 엿 됐다!'

'무공 익힌 놈이잖아! 그것도 엄청 고수다!'

뒷골목 패거리들의 불문율은 웬만하면 무공을 익힌 강호인은 건드리면 안 된다는 것이다. 잘못하다가는 목숨이 날아가는 수가 있었으니까.

하지만 어린 녀석치고 실력이 이 정도로 무서운 놈은 정말 드물었기에 방심했다. 무기도 없고 맨손이니 설령 한 수 재간이 있다고 해도 이런 조건에서 무기를 든 이들에게 포위당한 채로 뭘 어쩌겠는가?

'뭘 어쩌긴. 한 대 치면 우린 죽겠네!'

완전히 급이 다른 놈이다. 소매치기 패거리들은 그 사실을 깨닫고 굳어버렸다.

형운이 말했다.

"나 아직 좋은 말로 하고 있는 거다. 훔쳐 간 거 내놓고 꺼져라."

"……."

"좋은 말로 하는 거, 그만둘까?"

형운이 손을 들자 패거리들이 움찔했다. 그들이 잔뜩 겁먹어서 말했다.

"야, 엄후야! 그거 다시 돌려드려라!"

"빨리! 안 그럼 죽어!"

엄후라는 소매치기 소년은 조금 전까지와는 딴판으로 벌벌 떨면서 형운에게 훔쳐간 돈주머니를 내놓았다. 그것을 받아든 형운이 물었다.

"그새 수작을 부리지는 않았겠지?"

"아, 아냐. 절대 안 했어."

"한번 믿어볼까… 는 개뿔이. 너희 같은 놈들을 내가 어떻게 믿어?"

형운이 콧방귀를 뀌었다. 세상에 믿을 놈들이 따로 있지. 소매치기로 사람 꾀어서 강도질할 놈들을 믿냐?

그 말에 패거리들이 다급해졌다.

"정말이야!"

"믿어줘!"

"벗으라면 벗을게! 탈탈 털어서 보여줄 수도 있어!"

그런데 그때였다. 갑자기 낯선 목소리가 들려왔다.

"뭘 이렇게 복잡하게 처리하는 거야? 참 답답하구만."

"음?"

형운이 위를 바라보았다. 골목의 지붕 위쪽에서 한 사람이 떨어져 내렸다.

퍽! 퍼벅! 빡!

"으악!"

"컥!"

한순간에 형운 주변에 있던 패거리들이 한 대씩 맞고 나가 떨어졌다. 다들 붕 떠서 벽에 처박히는 모습이 위력이 심상치 않음을 알려주었다.

그들을 처리한 상대가 형운 앞에 멈춰 섰다. 그를 보는 순간, 형운은 긴장했다.

'강한 놈이다.'

형운보다 한두 살 정도 많아 보이는 소년이었다. 덩치가 크고 우락부락한 구릿빛 근육질 몸에 눈매가 사나워서 위압적인 분위기가 풍긴다.

특이한 것은 그 눈동자가 파랗다는 것이다. 소년은 이를 드러내며 야수처럼 웃었다.

"오랜만이다."

"……."

형운은 눈살을 찌푸렸다. 소년이 풍기는 위압감 때문은 아니었다.

"…너, 누구야?"

생전 처음 보는 상대였던 것이다.

7

"뭐?"

상대의 눈썹이 꿈틀거리자 형운이 말했다.

"난 너를 처음 보는데?"

"……."

상대가 할 말을 잃었다. 그러나 곧 얼굴이 붉어지더니 화를 냈다.

"이 자식! 나를 도발해 보겠다 이거냐?"

"아니, 진짜 모르겠어. 너 누구야? 혹시 정말 만난 적이 있는데 내가 몰라본 거면 사과할게."

형운은 당혹감을 느꼈다. 정말 처음 보는 상대였다. 눈이 파란 걸 보니 생각나는 사람이 있기는 했지만…….

그 태도에 상대의 울화통이 터졌다.

"이 자식! 영성의 제자면 다야? 쪽도 못 쓰고 두들겨 맞던 주제에 나를 무시해?"

"…응?"

형운이 눈살을 찌푸렸다. 그 말에 짚이는 구석이 있었기 때문이다.

"설마……."

목소리가 자연스럽게 떨려 나왔다. 자기 머리로 떠올린 사실을 도저히 믿을 수 없었기 때문이다.

"너 마곡정이냐?"

"그래! 이제야 알아보는 척하다니! 가증스럽구나!"

"……."

형운은 할 말을 잃었다.

'이놈이 마곡정이라고?'

도대체 어디가? 눈이 파란 걸 빼면 닮은 구석이 하나도 없는데?

형운이 마곡정과 마지막으로 만났던 후로 거의 이 년이 다 되어간다. 성장기의 소년이라면 그 사이에 훌쩍 크는 게 당연하다.

하지만 그걸 감안해도 도저히 납득이 가질 않는다.

"이건 말도 안 돼……"

형운의 기억 속에 있는 마곡정은 성격이 시궁창이기는 해도 생긴 것만큼은 어디에 내놔도 빠지지 않는, 귀티가 좔좔 흐르는 미소년이었다.

하지만 지금의 마곡정은 뒷골목의 건달들도 기가 죽을 짐승 같은 용모의 청년이었다. 형운보다 나이가 어리다는 것조차 안 믿어질 지경이다.

마곡정이 씩씩거렸다.

"흥. 고작 이 년 정도 지났다고 나한테 두들겨 맞았던 걸 까맣게 잊었나 보군?"

"네가 서하령… 아니, 이제는 서 소저라고 불러야 하나? 어쨌든 그녀에게 복날 개 맞듯이 두들겨 맞은 건 바로 오늘 일처럼 선명하게 기억난다. 그거 진짜 평생 못 잊을 것 같아."

"……"

형운이 받아치자 마곡정이 꿀 먹은 벙어리가 되었다.

곧 그가 발끈했다.

"큭, 그새 입담이 좀 좋아지셨군. 실력도 그만큼 좋아졌는지 볼까? 영수의 피를 각성한 내 실력을 뼈저리게 맛보게 해주마."

"…설마 영수의 피라는 걸 각성하면 외모가 극적으로 변하냐?"

형운이 물었다. 마곡정은 청안설표의 피를 이어받았다. 그 피를 각성했다면 좀 더 짐승같이 변하기라도 하는 것일까?

마곡정이 뭘 그런 걸 묻느냐는 듯 대답했다.

"당연히 변하지. 진정한 힘을 각성하는 거니까."

"으음. 하나도 안 부럽군, 그거. 내가 영수의 피를 잇지 않아서 정말 다행이야."

"뭐?"

"아, 뭐랄까. 난 네가 진짜 싫었는데… 왠지 막 안타깝다 못해서 서글프다, 야."

"무슨 소릴 지껄이는 거야! 이 자식!"

마곡정이 더 참지 못하고 공격해 왔다. 짐승처럼 날랜 몸놀림으로 덮쳐온다.

팍!

그러나 형운의 팔이 닿는 거리에 들어오는 순간, 뻗어 나간 일수가 그의 돌격을 저지했다. 그리고 물 흐르듯이 올려치기가 이어졌다.

"큭!"

마곡정은 심장이 철렁했다.

일반인에게는 보이지도 않을 정도로 빠른 공격이었다. 하지만 형운은 여유 있게 궤도를 파악하고 마치 쏘아진 창 같은 일장으로 그걸 쳐 내버렸다.

그 직후 반대쪽 손이 귀신처럼 아래쪽에서 솟구쳐 왔다. 시야의 사각에서 날아드는 공격이라 자칫하다간 턱을 얻어맞을 뻔했다.

마곡정이 말했다.

"그동안 놀고 있지는 않았나 보군."

"그래서 오늘 모처럼 놀러 나온 거잖아, 멍청아."

"뭣이 어째?"

마곡정이 이를 드러내며 살기를 폭발시켰다. 형운 아래 있던 소매치기가 비명을 질렀다.

"히이이익!"

다른 패거리들이 다 마곡정에게 맞고 나가떨어졌지만 그만은 형운 밑에 웅크리고 있었다. 그가 허우적거리면서 도망치려고 하자 형운이 발을 움직였다.

"너도 좀 자라."

발끝으로 가슴을 차서 일으키고 손바닥으로 한 대 치자 의식을 잃고 나가떨어진다.

그것을 본 마곡정이 눈을 빛냈다.

"크큭, 이거 진짜 의외인데. 생각보다 훨씬 기술이 좋아졌 잖아?"

"솔직히 말하자면 별로 이렇게까지 좋아지고 싶진 않았 어."

"뭐라고?"

"언젠가라면 몰라도 지금 이 시점에서 이러고 싶진 않았는 데 내 의사하곤 상관이 없더라고? 너도 우리 사부님한테 배워 보면 알 거야."

형운이 코웃음을 쳤다. 예전에 마곡정과 대치했을 때와는 완전히 다르다. 그가 뿜어내는 가공할 위압감을 마주 대하면 서도 조금도 위축되지 않았다.

단지 무공이 발전했기 때문만은 아니다. 의식주를 아우르 며 고통받고 지옥 같은 수련을 계속하다 보니 담도 커졌고… 좀 비뚤어졌다.

'뭐랄까, 사람을 패주고 싶은 의욕이 이렇게 불끈불끈 치 솟는 건 처음이네.'

형운은 스스로의 감정에 좀 놀라고 있었다. 마곡정과 대치 하고 있으니 그동안 고생한 성과를 아낌없이 풀어내서 두들 겨 패주고 싶다는 욕구가 솟구친다.

마곡정이 말했다.

"호오, 그래? 그럼 여기서 죽어봐."

"어디 해보시지."

도발하는 형운 앞에서 마곡정의 기척이 사라진다. 그가 예전에 보여줬던 은신술이다.

거기에 또 하나의 기술이 더해진다. 앞으로 달려드는 척 하다가 옆으로 꺾어서 벽을 박차는데, 형운의 시야에는 달려드는 마곡정의 모습이 생생하게 보였다.

'분신술!'

기척을 철저하게 차단하고 있는지라 어느 쪽이 진짜인지 알아볼 수 없다!

그러나 형운은 동요하지 않았다.

"이야, 진짜 예상대로네."

형운이 질풍처럼 움직였다. 눈앞에서 달려드는 마곡정을 치는 것 같더니 어느새 벽을 박차고 날아드는 마곡정의 다리를 붙잡았다.

'빨라!'

마곡정이 경악했다.

정면에서 달려드는 분신을 칠 때의 형운도 빨랐다. 그래도 마곡정이 여유 있게 대응할 수 있을 정도였다.

그러나 갑자기 방향을 틀어서 대응하는 순간, 형운은 마곡정의 최고 속도와 비슷할 정도로 가속했다. 한순간 그 움직임을 놓쳤을 정도다.

"큭!"

다리를 붙잡힌 마곡정이 반대쪽 발로 형운을 쳤다. 하지만
형운은 이미 붙잡았던 것을 놓고 옆으로 빠져나가고 있었다.

투학!

둘이 서로 반대편으로 몸을 회전시키며 거리를 벌렸다.

'한 방 먹일 수 있었는데 아깝군.'

형운이 무심한 표정을 유지하면서 속으로 혀를 찼다. 마곡
정의 반응이 너무 빨라서 한 방 먹이는 데는 실패했다.

마곡정이 당황했다.

"너 이 자식… 무슨 무공을 익힌 거야?"

"너도 알잖아?"

형운이 히죽 웃으며 대답했다.

"감극도다."

"입문 단계를 벗어나면 이렇게 무서워진다 이건가? 과연
절세의 방어 무공이라고 불릴 만하군."

마곡정이 눈을 빛냈다.

예전에 싸웠을 때, 형운의 감극도는 반사 행동에 의존할 뿐
이었다. 그러나 지금은 완전히 달라졌다. 사고 속도가 반사
속도를 따라잡고 있어서 허와 실도 구분해 내는 것은 물론,
방어 후에도 행동이 끊어지지 않고 이어진다. 거기에 뭔가 알

수 없는 묘용까지 숨어 있었다.

마곡정이 물었다.

"예상대로라는 건 뭐지? 내 환신수격(幻身隨擊)을 꿰뚫어 봤다 이거냐?"

"그 분신술 이름이 그거야? 그걸 꿰뚫어 본 거야 당연하고, 네가 분신술 익힐 걸 알고 있었다 이거지. 우리 사부님은 역시 천재야."

"뭐?"

형운은 더 설명해 주진 않았다.

귀혁은 마곡정이 모습을 감추지 않고 기척을 차단해서 상대를 현혹시키는 은신술을 쓴다는 말을 들었을 때, 향후 분신술을 익혀서 그 효과를 극대화할 것임을 예측했다. 그리고 형운에게 거기에 대응하는 기술을 가르쳐 주었다. 그래서 방금 전의 공격을 쉽게 받아내고 역습까지 가한 것이다.

마곡정이 말했다.

"좋아. 좀 더 날 재미있게 해봐라!"

"싫은데. 작작 좀 하고 꺼져주지 않을래?"

"입은 아주 팔딱팔딱하게 살았군. 언제까지 지껄일 수 있나 보자!"

마곡정이 재차 달려들었다. 좁은 골목이지만 움직임이 제한되지 않는다. 오히려 벽을 박차고 종횡무진 이동하면서 입체적인 공격을 가해온다.

그러나 형운의 감극도는 그 모든 것을 차단했다. 어떤 공격도 간격 안에 들어오는 순간 받아내는 데다가 때때로 무시무시하게 가속해서 마곡정을 섬뜩하게 했다.

파파파파파파!

두 소년의 격돌로 골목에 격풍이 휘몰아쳤다.

하지만 둘 다 전력을 다하고 있는 건 아니다. 암묵적인 제약 위에서 싸우고 있었다.

기공파 계통 기술은 쓰지 않는다.

형운도, 마곡정도 내공이 3심을 넘는다. 이 정도면 직접 타격이 아니라 기를 발하는 기술로도 유의미한 타격을 줄 수 있게 된다.

즉 세간에서 말하는 장풍(掌風)이나 검기(劍氣) 같은 기술을 사용할 수 있는 것이다. 손발이 닿지 않는 곳에 있는 적을 치고 바위조차 무를 썰 듯이 베어버리는 기술들을.

'손발이 반쯤 묶인 기분이지만… 그건 녀석도 마찬가지.'

마곡정의 내공 수위는 형운 이상이다. 서로 기공파까지 동원해서 전심전력으로 싸우기 시작하면 이 골목은 풍비박산, 주변 벽을 다 무너뜨려 가면서 난장판이 벌어질 것이다.

또한 기공파 계통 기술들은 순수하게 육체로 타격하는 기술에 비해서 위력을 통제하기가 어려웠다. 순수하게 의념으로 기를 유형화하여 발하는 것이니 당연한 일이다. 자칫 실수했다가는 한 번에 상대의 목숨을 앗아가는 수가 있으니 자제할 수밖에.

파앙!

형운의 몸이 반쯤 옆으로 돌면서 마곡정의 공격을 비껴냈다. 그것만으로도 가벼운 충격파가 터지면서 소매가 찢어져 나간다.

형운을 지나쳐서 돌아선 마곡정이 말했다.

"감극도라. 대단한데? 예전하고는 격이 달라. 이것도 완성형이 아니라 이거지?"

무시무시한 기세로 공세를 퍼부었는데도 형운의 방어는 철벽이었다. 단 한 번도 간격을 침범해서 유효타를 넣는 것을 허용하지 않는다.

두 사람이 싸우는 모습은 극과 극이었다.

형운은 위치를 거의 바꾸지 않는다. 한 자리를 지키면서 공격을 쳐 내고, 막고, 비껴낸다.

마곡정은 쉬지 않고 움직인다. 좁은 골목에서 앞뒤로, 그리고 벽을 타고 달려가면서 종횡무진 움직인다.

일반인은 아예 따라갈 수가 없는 움직임이다. 어지간히 무공을 수련한 자라도 이 입체적인 움직임을 따라잡기 어려울 것이다.

그런데도 형운은 전혀 현혹되지 않고 따라잡고 있었다. 이미 귀혁을 통해서 지긋지긋할 정도로 다양한 상황을 경험했기 때문이다.

하지만 형운은 속으로 식은땀을 흘리고 있었다.

'젠장. 그나저나 아직도 밀리네.'

이만큼 공방을 벌여보니 알 수 있었다.

마곡정은 형운보다 강하다.

일단 내공이 더 심후하다. 형운보다 훨씬 많이 움직였고, 강맹한 공격을 연달아 쏟아냈는데도 내력이 달리는 기색이 전혀 없다.

육체 능력이 훨씬 뛰어나다. 체격 차도 큰데다가 순발력도, 완력도 형운이 따라갈 수 없을 정도다.

시간이 지나도 마곡정은 전혀 지치는 기색이 없는데 형운은 조금씩 숨이 찬다. 그리고 팔다리에 쌓인 충격 때문에 조금씩 움직임이 둔해져 간다.

형운이 버티는 건 어디까지나 절세의 방어 무공 감극도에 의존해서 수세를 고수하기 때문이었다. 더 적게 움직이고, 더 적은 내력을 사용하면서 상대의 소모를 유도한다. 그러면서도 때때로 공세에 나서서 상대를 섬뜩하게 만든다.

2단계에 도달한 감극도가 아니었다면 불가능한 일이다.

감극도의 1단계가 반사 행동에 의존할 뿐이라면, 2단계의 감극도는 사고 속도가 반사 행동과 동등하다. 그래서 1단계 보다 더 빠르게 움직이면서도 행동을 고를 수 있다.

또한 거기에 비장의 기술이 더해진다. 바로 무심반사경이 다.

무심반사경은 기본적으로 의식의 흐름과는 상관없이 미리 설정해 둔 행동을 취하는 기술이다. 마치 스스로의 몸을 인형 을 조종하듯이 움직일 수 있는 것이다.

감극도가 2단계로 접어들면서 이 기술 역시 더욱 진보했 다.

형운은 이 기술로 단 한 수가 아니라 세 수 앞을 설정해 두 고 연계기를 펼칠 수 있었다. 또한 무조건 입력된 대로 행동 하는 게 아니라 경우의 수를 대입하는 게 가능해졌다. 상대가 이렇게 나오면 저렇게, 저렇게 나오면 이렇게 반응하도록 설 정해 둘 수 있어서 유연하면서도 빠른 대처가 가능한 것이다.

'하지만 오래 버티진 못해.'

시간이 가면 갈수록 형운이 지치고, 육체에 타격이 쌓이면 서 방어가 무너진다. 그렇다고 지치기 전에 일발 역전을 노리 자니 그것도 어렵다.

그때였다.

"공자님!"

예은이 골목으로 뛰어 들어왔다.

급하게 뛰어온 예은은 골목 안에 쓰러져 있는 소매치기 패거리들을 보고는 겁에 질려서 멈춰 섰다.

형운은 그녀를 보고는 주변을 흘끔거렸다.

'가려 누나는 은신해서 지시만 하면서 온 모양이군. 그럼 우리를 보고 있다 이건데…….'

마곡정에게 온 신경을 집중하고 있어서 그런지 가려의 존재를 느낄 수 없다. 그게 아니더라도 그동안 가려의 은신술이 워낙 발달해서 쉽게 알아챌 수 없기는 하지만…….

"마곡정."

"응?"

"잠깐만 기다려."

형운은 손을 들어 보이고는 예은에게 다가갔다. 이 상황에서 무방비로 등을 드러내는 것은 용기가 필요한 행동이었다.

'저놈이 여기서 덮치진 않겠지?'

워낙 막무가내인 놈이라서 걱정된다. 그래서 일단 경계심을 누그러뜨리지 않았는데 다행히 눈을 멀뚱하니 뜬 채로 보고만 있었다.

형운이 말했다.

"여기까지 따라오다니, 위험하잖아."

"하지만 공자님이 걱정되어서……."

"난 괜찮아. 그리고 내가 위험한데 네가 따라오면 어떡해? 너까지 위험해지잖아."

"으……."

"마음만은 고마워. 그리고 이거."

형운은 소매치기한테 돌려받은 돈주머니를 예은에게 건네 주고 물었다.

"혹시 없어진 거 없는지 확인해 봐. 이런 놈들은 워낙 수작 을 잘 부려서 꼼꼼하게 확인해야 해."

"다 있어요."

돈주머니를 확인해 본 예은이 안도의 한숨을 쉬었다. 그리 고 발갛게 상기된 얼굴로 형운을 보며 눈을 반짝반짝 빛냈다.

그 시선에 형운이 움찔했다. 다른 사람한테 이런 눈길을 받 아본 적이 없는지라 굉장히 부담스러웠다.

"고맙습니다, 공자님."

"아니, 나랑 같이 나오는 바람에 당한 일이니 내가 책임져 야지."

형운이 겸연쩍은 듯 시선을 피하며 볼을 긁적였다.

그때 마곡정이 말했다.

"야."

"응? 아, 기다리게 해서 미안하다."

형운이 그에게 몸을 돌렸다. 하지만 뚱한 눈으로 형운을 바라보던 그는 손을 주머니에 찌르고는 전의를 거두었다.

"됐다. 젠장. 맥 빠지게스리."

"…네가 웬일이냐?"

형운이 눈을 동그랗게 떴다. 설마 마곡정이 먼저 물러날 거라고는 생각도 못했다.

마곡정이 말했다.

"흥. 싸우는데 여자애가 껴서 이러쿵저러쿵하는데 싸움 맛이 날 거 같냐? 그리고 싸우다가 여자애가 휘말려서 다치기라도 하면 어떡하라고."

"……."

"뭐, 뭐야? 왜 그런 눈으로 봐?"

"아니, 네 입에서 그런 소리 나오니까 엄청 이상해서. 너서 소저한테는 엄청 거침없이 덤비지 않았냐? 여자를 신경 써서 싸움 안 하는 주의인 줄은 몰랐는데."

그 말에 마곡정이 코웃음을 쳤다.

"하령 누나가 여자냐?"

"응?"

"거 얼굴 좀 예쁘다고 다 여자 취급해 주는 거 아니다. 하령 누나가 예뻐서 다들 속아 넘어가는데 그 누나는 양의 탈을 쓴 악귀야. 흉신악살이라고 부르는 게 딱 어울리지."

마곡정이 진심이 절절히 느껴지는 악담을 하자 형운의 표정이 묘해졌다. 형운이 약간 놀란 듯 마곡정의 뒤를 가리키며 말했다.

"저기 있잖아."

"뭐?"

"뒤에 서 소저 있는데… 그런 말 해도 되는 거냐?"

"헉?"

마곡정이 혼비백산해서 뒤를 돌아보았다. 하지만 그곳에는 아무도 없었다.

"이 자식! 나를 속이다니!"

"잡혀 사는구나, 너……."

"시끄러워!"

"근데 서 소저 있다는 말은 진짜였어."

"뭐?"

마곡정이 움찔했다. 그리고 갑자기 자기 옆에 무시무시한 존재감이 출현했음을 깨달았다.

'설마……'

침을 꿀꺽 삼킨 마곡정이 식은땀을 흘리며 옆을 돌아보았다. 천천히, 아주 천천히…….

그리고 거기에 생글거리면서 웃고 있는 서하령의 얼굴을

발견했다.

"곡정아, 네가 나를 그렇게 생각하고 있는 줄 몰랐는걸?"

"누, 누나……."

"내가 너를 사람 만드느라 얼마나 할아버지들이랑 아저씨들한테 부려 먹히면서 고생했는데 너는 나를 그렇게 생각하고 있었구나?"

"아니, 누나, 내 말을 들어봐. 그런 게 아니라……."

"엄청 섭섭하다. 너도 내가 섭섭해할 만하다고 생각하지 않니?"

서하령은 마곡정의 말은 듣지도 않고 생글생글 웃으면서 몰아붙였다. 마곡정이 그동안 워낙 커져서 서하령이 훨씬 작은데도 고양이 앞의 쥐처럼 꼼짝없이 굳어버리고 말았다.

그런 그녀에게 형운이 말을 걸었다.

"오랜만이야, 서 소저."

"음?"

그제야 서하령이 형운을 돌아보았다.

"응. 오랜만이야."

미소 짓는 그녀를 보는 형운의 가슴이 두근거렸다.

'와, 진짜 예뻐졌다…….'

마곡정과 마찬가지로 그녀를 마지막으로 본 지도 이 년이다 되어간다.

당시 성운의 기재라는 게 밝혀지면서 별의 수호자가 떠들 썩해지기는 했지만, 형운은 그 후로 영성의 거처에서 두문불출해서 밖에서 무슨 일이 일어나는지 모르고 지냈다.

그동안 서하령은 정말로 만개한 꽃처럼 아름다워졌다.

마치 보석을 가공한 것 같은 밝은 호박색의 눈동자와 약간 나른해 보이는 눈매는 여전하다. 잡티 하나 없는 우윳빛 피부도, 앵두처럼 붉은 입술도. 시간이 지나면서 거기에 앳된 티가 조금씩 사라져 가는 것만으로도 눈을 뗄 수 없는 매력이 완성되어 간다.

긴 흑단 같은 머리칼을 위로 모아서 붉은 옥비녀를 꽂고, 뒤쪽으로 붉은 장식천을 늘어뜨렸다. 머리 한쪽에는 나비 장식 머리핀을 달았고 오른쪽 귓가 아래로는 금실을 꼬아서 만든 장식물이 보이는데 이 또한 그녀가 입고 있는 백색과 적색의 옷과 어우러져 한 폭의 그림 같았다.

문득 형운을 빤히 바라보던 서하령이 말했다.

"귀혁 아저씨는 정말 대단하셔."

"음?"

"채 이 년도 안 되는 기간 동안에 너를 이렇게 바꾸어놓다니… 무슨 마법을 부리신 거야?"

서하령과 형운이 마지막으로 만났을 때, 형운은 마곡정에게는 상대도 안 되는 약자였다. 하지만 이제는 어느 정도 손을 섞을 수 있을 정도로 강해졌다.

실로 불가사의한 일이다.

영수의 피를 이어받은 마곡정은 막강한 재능의 소유자이며, 풍성에게 상승무공을 지도받고 거기에 비약을 비롯한 온갖 풍족한 지원까지 받아가면서 엄청난 속도로 발전했다. 그런데 아무리 봐도 별 재능도 없고, 심지어 남들보다 뒤늦게 무공에 입문해서 이 년 지났을 뿐인 형운의 성장 속도는 그런 마곡정조차 압도한다.

'아니, 그거야 나처럼 고생하면 다 그럴걸?'

형운은 마곡정과 싸우면서 울화통이 터질 뻔했다.

지난 이 년은 형운에게는 지옥이었다.

몸에 좋지만 괴로운 맛이 나는 것만 먹었다.

몸에 좋지만 입기 괴로운 옷만 입어야 했다.

몸에 좋지만 고통스러운 일들만으로 일과를 채워야 했다.

그런데……

'왜 아직도 저놈 몸이 나보다 성능이 좋은 거야?'

형운은 마곡정이 자기보다 무공이 뛰어나다는 점에 울컥한 게 아니다. 그렇게 고생했는데 여전히 마곡정의 육체가 자기 육체보다 낫다는 점 때문에 화가 났다.

마곡정이 들었으면 참 어처구니없어했을 분노였다. 어쨌든 그것은 어디까지나 형운의 입장이고 다른 이들이 보면 말도 안 되는 성장속도에 놀랄 뿐이다. 아마 이 사실이 알려진 다면 다들 형운이 사실은 성운의 기재에 지지 않는, 알아보기 어려운 재능의 소유자가 아니었을까 의심하리라.

9

서하령이 고개를 갸웃했다.

"별의 힘을 가진 것도 아닌데 어떻게 그럴 수 있는지… 조금 질투 나네."

"뭐?"

형운이 어이없어했다. 여자의 몸으로 저 마곡정조차도 벌벌 떨 정도로 막강한 재능과 실력을 가진 서하령이 형운을 질투하다니?

문득 서하령이 형운에게 다가오더니 얼굴을 빤히 바라보았다. 아름다운 소녀가 숨결이 느껴질 정도로 가까이 다가오니 형운의 얼굴이 빨개졌다. 심장이 막 쿵쾅쿵쾅 뛰다가 터져 버릴 것만 같다.

"네가 무엇을 가졌기에 귀혁 아저씨가 선택하고 나는 선택해 주지 않았는지… 내가 성운의 기재가 아니었다면 귀혁 아저씨가 나를 제자로 받아줬을까?"

"……."

그러고 보니 전에 봤을 때도 서하령은 비슷한 이야기를 한 적이 있었다. 성운의 기재임을 숨긴 것이 귀혁에게 미움 받고 싶지 않아서였다고. 아무래도 두 사람 사이에는 형운이 모르는 깊은 인연이 있는 모양이다.

서하령이 조금 쓸쓸한 표정으로 말했다.

"그래서 곡정이를 일찌감치 말리지 않았어. 사실 총단에서 나올 때 붙잡을 수 있었는데……."

"헉! 누나 거기서부터 나를 따라왔다고?"

마곡정이 깜짝 놀랐다. 마곡정의 은신술은 마치 야생동물이 사냥 때 자신을 숨기는 것처럼 높은 경지에 올라있다. 동시에 은신해 있는 타인의 존재를 눈치채는 것도 민감했는데 서하령이 따라오는지 전혀 모르고 있었다.

서하령이 말했다.

"응. 너 나갈 때 나한테 좀 따라가 달라고 호위무사 아저씨들이 사정사정하던데?"

"그 양반들이 진짜!"

"네가 워낙 사고를 쳐대니까 그렇지. 지금 일만 해도 그래. 만약 상대가 다쳤다면 또 근신 먹었을걸?"

"흥. 근신 따윈 두렵지 않다고."

"그리고 나는 귀찮게 장로님과 풍성님의 부탁을 이기지 못하고 너랑 매일 대련을 하러 가야 했겠지."

"……"

그 말에 마곡정이 흠칫 굳었다. 공포에 질린 표정을 보아하니 그동안의 추억이 주마등처럼 뇌리를 스쳐 가는 모양이다.

서하령이 시큰둥한 눈으로 그를 바라보았다.

"나도 내 공부가 많아서 너 상대해 주기 힘들어. 그러니 적당히 해. 이번에도 네가 칼을 뽑았으면 바로 말리려고 했는데… 맨손으로 승부를 걸기에 두고 본 거야."

"쳇. 나도 그 정도 상식은 있다고. 사투를 벌이는 것도 아니고 그냥 실력 좀 보고 싶어서 그런 건데 칼을 뽑아서 쓰나. 저 녀석이 칼을 쓰는 것도 아니고."

"네가 그런 말을 하니 참 신기하네."

서하령이 불신의 눈길로 마곡정을 바라보았다.

형운의 표정이 굳었다.

'그러고 보니 이놈은 맨손 격투술이 전공이 아니었지?'

마곡정의 스승인 풍성 초후적은 도객(刀客)이었다. 당연히 마곡정이 주로 익히는 무공 역시 도법이었는데 여기서는 맨손으로 겨룬 것이다.

그걸 생각하니 섬뜩하다. 만약 마곡정이 도를 뽑아 들고 덤볐다면, 아니, 목검이라도 들고 덤볐다면 과연 당해낼 수 있었을까?

불현듯 귀혁의 말이 떠올랐다.

"실전에 나서면 애송이든 나이 든 고수든 상관없다. 어느 날 갑자기 미친놈이 칼 들고 덤빌 수도 있는데 그걸 못 막으면 그냥 죽는 거지. 언제 어디서 그런 일을 당해도 자기 몸을 지킬 수 있어야한다."

이 경우 칼 들고 덤비는 미친놈이 바로 마곡정이었다. 이놈이라면 싸우다가 뜻대로 안 풀려서 열 받으면 이성을 잃고 칼을 뽑아 들었어도 이상하지 않다.

그때 서하령이 말했다.

"곡정이도 그동안 나한테 많이 맞아서… 가 아니라 노력해서 이제 조금 감정이 격해졌다고 해서 영수의 피에 먹혀서 눈이 뒤집히거나 하는 일은 없어. 그건 걱정하지 않아도 돼."

"미안하지만 못 믿겠는데……."

"물론 그 심정은 이해해. 곡정이가 가만 보면 미친개 같지. 그건 사실이야."

"큭, 사람을 앞에 두고 무슨 소릴 하는 거야!"

마곡정이 화를 냈다.

형운이 물었다.

"그런데 이야기를 듣자 하니… 마곡정, 너는 내가 밖에 나온다는 소식을 듣고 부랴부랴 따라 나온 거냐?"

"맞아. 지난번 일 이후로 영성의 거처는 워낙 방비가 철저해져서 들어갈 수가 없게 되었고 너는 밖에 안 나오니 원. 나온다는 소식을 듣고 곧바로… 음? 왜 그래?"

마곡정은 이야기 도중에 형운이 겁먹은 눈으로 슬금슬금 물러나는 걸 보고는 의아해했다. 잘 보니 자기 몸으로 예은을 마곡정의 시야에서 가리면서 거리를 벌리고 있다.

서하령이 한숨을 쉬었다.

"곡정아, 머리가 있으면 생각을 해보렴."

"무슨 소리야?"

"네가 한 이야기를 자알 생각해 봐. 그게 너 말고 다른 사람한테 어떻게 비춰질지."

"내가 뭐 이상한 짓을 했다고…….'

"아무리 봐도 네 머리는 장식이구나. 내가 요약해 줄게."

1. 마곡정은 그동안 형운을 덮치기 위해서 그가 밖으로 나오는 날만을 기다리고 있었다.

"잠깐! 덮치기 위해서라니 어감이 이상하잖아!"

"내가 틀린 말 했니?"

2. 그러다가 형운이 밖으로 나온다는 소식을 듣고는 곧바

로 은밀하게 뒤쫓기 시작했다. 흥분으로 숨결이 뜨거워진 채
로……

"그것도 뭔가 아니야! 은밀하게 뒤쫓는다는 그렇다 치고
흥분으로 숨결이 뜨거워진 채는 뭐야?"
"욕구를 채울 순간에 대한 기대로 눈이 벌개졌다는 것도
추가해야겠구나?"

3. 그리고 형운이 일행과 떨어져서 인적이 없고 으슥한 곳
으로 들어서자마자 더 참지 못하고 그를 덮쳤다.

"자, 사실만 정리해 보면 이래. 누가 너한테 이런 식으로
행동하면 그 사람을 어떻게 볼까?"
"…음. 혹시 변태?"
"잘 아네."
"……."
마곡정은 할 말을 잃었다. 그리고 잠시 후, 형운을 보며 발
끈했다.
"야! 사나이의 순수한 투쟁심을 갖고 변태라니!"
"시끄러. 적반하장도 유분수지."
서하령이 마곡정을 한 대 쥐어박았다. 마곡정이 깨갱 하고

고개를 꺾었다.

"하아. 너 대체 언제 철들래? 적당히 해. 풍성 아저씨도 너 때문에 걱정이 보통이 아니야."

"또래에 굉장한 놈이 있으면 겨뤄보고 싶은 건 무인으로서 당연히 가질 욕구라고! 투쟁심이 없이 어찌 사나이라고 하겠어?"

"어머, 나를 상대하는 것만으로는 그 욕구가 충족되지 않나 보지?"

"……."

"그런 줄 몰랐네. 이따 보자. 물론 아까 네가 한 말로 섭섭해진 것도 확실하게 계산해야지?"

"으윽……."

마곡정이 식은땀을 흘렸다.

그 모습을 보니 형운은 맥이 탁 풀렸다.

"그럼 우리는 이만 실례할게. 예은이가 무서워해."

"아, 아니요. 저는……."

예은은 괜찮다고 말하려고 했지만 몸이 떨리고 있었다.

서하령이 말했다.

"곡정이 때문에 고생하게 해서 미안해."

"아니, 네가 사과할 일은 아니고… 물론 저 녀석이 사과하진 않을 것 같으니 됐어."

"난 사과할 일 따윈 하지 않았… 쿠억!"

뻔뻔하게 말하던 마곡정이 서하령의 팔꿈치에 복부를 찍히고는 주저앉았다. 언뜻 보면 가볍게 팔꿈치로 찍은 것 같지만 사실은 침투경의 묘리가 숨어 있는 심오한 일격이다.

'뼛속까지 아프다!'

마곡정은 그 말을 실감했다.

형운이 피식 웃었다.

"서 소저."

"그렇게 안 불러도 되는데."

"응?"

"네가 그렇게 부르면 나도 형운 공자라고 불러야 할 것 같은데, 격식 차리는 거 싫어."

"그럼 뭐라고 불러야 하지? 서하령?"

"그냥 하령이라고 불러도 돼. 넌 귀혁 아저씨 제자니까."

"으음. 그, 그럼 그렇게 하지."

형운이 얼굴을 붉혔다. 이렇게 예쁜 여자애와 친밀하게 말을 나눌 수 있다니…….

'속 알맹이가 좀 무섭긴 하지만.'

형운은 옆에 주저앉아서 부들부들 떠는 마곡정을 곁눈질하며 생각했다. 지금까지 고련해서 많이 강해졌다고 생각했는데 아직 그녀를 상대로는 어림도 없을 것 같다.

"내가 이런 말을 하면 어떻게 받아들일지 모르겠는데… 신경 쓰지 마. 아마 사부님은……."

형운의 말은 끝까지 이어지지 못했다. 갑자기 가까운 곳에서 꽝음이 울려 퍼졌기 때문이다.

콰과광! 콰아아아아아앙!

섬광이 치솟으며 주변이 뒤흔들렸다.

시커먼 폭연이 피어오르는 가운데 사람들의 비명이 울려 퍼진다. 형운이 경악해서 중얼거렸다.

"무슨 일이지?"

별의 수호자의 총단이 위치한 성해, 오랫동안 평화로웠던 이 도시에 상상도 못한 위협이 덮쳐오고 있었다.

제11장
마교(魔敎)

성운을 먹는 자

1

귀혁은 불타서 잿더미가 된 마을을 걷고 있었다.

시골에 위치한 이 마을은 불과 하루 전까지만 해도 사람들이 평화롭게 하루하루를 살아가는 장소였을 것이다. 하지만 지금은 살아 있는 생명을 찾을 수 없는 죽음의 땅이었다.

이런 참극을 일으킨 자들에게 여기는 아무런 의미도 없었으리라.

원한 따윈 없었다. 그러기는커녕 여기에 살고 있는 자들 모두가 그들에게는 아무런 의미도 없는 존재였다.

그저 그곳이 자신들이 일을 벌이기에 좋았기 때문에 그들을 몰살시키고 그 자리에 들어앉았다.

"심지어 미끼라니 정말 구제의 여지가 없는 것들이로군."

귀혁은 분노했다. 그의 주변에는 적들의 시체가 널려 있었다. 숨이 붙어 있는 건 그중에 단 하나뿐이었다.

적이 다 죽어가는 와중에 웃었다.

"크크큭, 역시 이단자들의 우둔함은 답이 없구나."

"무슨 소리를 지껄일지 너무 뻔하다. 맞춰볼까?"

"…뭐라고?"

"구제의 여지가 없는 건 너희들이다. 이 지옥에서 올바른 내세로 갈 수 있는 것은 믿음을 가진 우리들뿐이다. 이렇게 지껄이고 싶겠지?"

귀혁이 차가운 경멸을 담아 적을 노려보았다. 그리고 천천히 그에게 다가가며 말을 이었다.

"광세천교에 이어 흑영신교라. 전에 밟아줄 때 완전히 끝장내지 못했더니 다시 좀 살 만해졌나 보군. 바퀴벌레 같은 생명력이야. 하긴 흑영신이라고 하면 바퀴벌레가 떠오르긴 하지."

"감히! 이단자 주제에 그분을 모독……."

콰득!

사교도의 말은 끝까지 이어지지 못했다. 귀혁이 손도 대지 않고 의기상인으로 그 목을 꺾어버렸기 때문이다.

흑영신교.

최근 별의 수호자를 골치 아프게 했던 광세천교와 함께 2대 마교로 불리는 곳이다.

천년을 넘는 장구한 역사를 가졌으며 한때는 세상 전체를 미혹하여 환란을 일으킨 적도 있는 거물이었다. 그들이 역사에 남긴 상처가 어찌나 많고 큰지 중원삼국에서 다른 사교는 좀 탄압받는 정도지만 2대 마교의 신자라고 하면 그 순간 척살대상이 될 정도다.

흑영신교의 교리는 간단했다.

'이 세상은 지옥이다.'

정의라고는 눈을 씻고 찾아봐도 없는 아비규환이 아닌가? 이렇게 세상이 글러먹은 것은 원래 여기가 죄 있는 영혼들이 벌을 받으면서 다음 세상으로 가기 위한 과정이기 때문이다.

인간은 오로지 어둠 속에서만 진정한 평온을 구할 수 있다. 믿음을 갖고 덕을 쌓은 자만이 위대한 흑영신에게 선택받아서 안식의 어둠으로 향하는 죽음을 받게 된다.

즉 이 세상이 지옥이며 올바른 세상으로 가는 문은 좁다. 그리고 그 문을 통과할 자격을 얻기 위해서는 흑영신을 섬기며 그들이 말하는 덕을 쌓아야만 가능하다는 이야기였다.

'미친놈들. 너희들 같은 놈이 있어서 이 세상이 지옥인 거지.'

귀혁은 그들의 교리 따윈 인정하지 않았다.

흑영신을 믿지 않는 자들은 사람으로도 취급하지 않고, 그저 자신의 발목을 붙잡아 보겠다고 죄 없는 촌민들을 몰살시키는 광신도들 주제에 뭐가 어째?

문득 귀혁이 말했다.

"우리 쪽 피해 상황은?"

"미미합니다. 영성님을 기환진 속에 가두는 게 목적이었는지 외부 공세는 약했습니다."

어느새 모습을 드러낸 석준이 대답했다.

흑영신교의 무리들은 상단을 노리는 척하는 것으로 귀혁을 유인하여 마을 사람들을 제물로 삼은 사이한 기환진을 형성했다. 즉 처음부터 귀혁을 목표로 삼고 있었던 것이다.

물론 어림없는 짓거리였다. 여기에 투입된 흑영신교의 전력 백여 명이 모조리 귀혁의 손에 쓰러졌고 멀리서 정보를 수집하고자 관측하고 있던 놈들만이 겨우 도망쳤을 뿐이다.

"나를 잡으려고 수작을 부렸으면서 팔대호법은 하나도 오지 않았다……. 이게 뭘 의미하는 것 같은가?"

광세천교에 칠왕이 있다면 흑영신교에는 팔대호법이 있다.

흑영신의 화신이라고 불리는 교주와 그 반려 흑영신녀를 제외한 흑영신교의 최고 간부들이다. 이들은 종교집단 주제에 막강한 무력을 가진 자들로만 이루어져 있었다.

석준이 대답했다.

"영성님의 전력을 파악하기 위한 미끼였겠지요."

"웅크리고 있는 동안 내가 쇠약해지기를 기대하고 벌인 일이겠지. 그리고 나를 붙잡아놓고 뒤통수를 쳐보겠다니, 이건 좀 깜찍했다."

귀혁의 눈이 흉흉하게 타올랐다.

"총단과의 연락은?"

"두절됐습니다. 아마 광범위한 기환진을 펼쳐두고 있는 것 같습니다."

기환술을 이용하면 실시간까지는 아니더라도 전서구를 날리는 것보다 훨씬 빠르게 소식을 주고받을 수 있었다. 광범위하게 세력을 뻗어두고 있는 별의 수호자는 조직 관리를 위해 많은 돈을 들여서 이러한 통신망을 유지한다.

그런데 그 통신망이 마비되어 있었다. 이것이 의미하는 바가 무엇이겠는가?

'성존, 그 양반은 성도의 탑만 안 건드리면 아무것도 안 할 거고.'

성존은 강대한 초월자다. 하지만 그만큼 인세의 일에 무심해서 아예 자신을 직접 공격해 오지 않는 한 외부로 관심 자체를 두지 않았다. 이전에 천유하가 방문했을 때 그가 움직인

것은 굉장히 예외적인 경우다.

'쯧. 자기를 추종하는 조직인데 무너지든 말든 신경을 안 쓰니.'

별의 수호자는 성존이 있기에 존재할 수 있는 조직이다. 그가 가끔씩 별생각 없이 던져주는 연단술의 산물들로 인해서 이만큼 번영할 수 있었다.

하지만 성존은 별의 수호자를 보호하지 않는다. 아주 애착이 없지는 않겠지만, 핵심 시설이라고 할 수 있는 성도의 탑만 건드리지 않으면 움직일 가능성이 희박하다.

외부에서 보면 무슨 말도 안 되는 소리인가 싶을 것이다. 그러나 귀혁은 왜 성존이 그러는지 알고 있었다.

'아마 성도의 탑을 건드리지 않으면 아예 밖에서 무슨 일이 일어나는지 자체를 모를 테니.'

웃기게도 성존은 스스로 원해서 밖으로 관심을 두지 않는한, 어지간한 자극으로는 밖에서 일어나는 일 자체를 모른다. 누가 업어 가도 모를 정도로 깊이 잠들어 있는 상태라고나 할까?

귀혁이 말했다.

"나는 이 길로 총단으로 돌아간다. 근처에서 전력을 보충해서 상행을 마치도록. 뒷일은 맡기겠다."

"알겠습니다. 몸조심하시길."

"걱정마라."

귀혁은 사납게 웃었다. 그리고 곧 땅을 박차고 저편을 향해 쏘아져 나갔다.

콰콰콰콰콰콰!

극한으로 경공을 전개한 귀혁의 모습이 폭음의 궤적을 남기면서 순식간에 멀어졌다.

2

성해는 대혼란에 휩싸였다.

도시 곳곳에서 폭발이 일어나면서 사상자가 발생했다. 그리고 그곳에서 죽은 자들을 제물로 삼아서 괴물들이 나타나기 시작했다.

마도의 사술이다. 어둠에 물든 시체들이 괴물로 변화해서 사람들을 덮치기 시작하고, 희생자가 발생하면 연쇄적으로 괴물의 수가 불어난다.

서하령이 경악해서 중얼거렸다.

"성해의 방어진이 뚫렸어?"

별의 수호자 총단이 있는 성해의 성벽에는 강력한 기환진이 펼쳐져 있었다. 마도의 무리는 성벽 안으로 들어오는 것만으로도 고통받으며 사술의 위력도 억제된다.

그런데 도시 곳곳에서 치솟는 사기(邪氣)는 어마어마한 규모였다. 기감이 민감한 이들은 보는 것만으로도 몸이 덜덜 떨릴 정도다.

마곡정도 놀라서 중얼거렸다.

"도대체 무슨 일이지?"

"모르겠어. 하지만 일단은……."

얼굴을 굳히던 서하령이 뒤를 돌아보았다. 자연스럽게 그 시선을 따라간 형운이 흠칫했다.

'언제 나타났지?'

어느새 검은 옷을 입은 남자가 골목 입구에 서 있었다.

입구 뒤쪽은 사람들이 비명을 지르며 달아나는 중이다. 하지만 그 와중에 험상궂은 인상의 남자만이 눈곱만큼도 동요하지 않고 이쪽을 보고 있었다.

그를 보는 순간 형운은 한 가지 사실을 알아차렸다.

'마공을 익힌 사람이다.'

귀혁이 마공을 익힌 마인은 몸에서 흘러나오는 기파만 접해도 알 수 있다고 했다. 그때는 정말 그럴까 싶었는데 직접 겪어보니 알겠다.

그저 마주하고 있는 것만으로도 불길하고 평정을 흐트러뜨리는 압박감이 느껴진다. 그것이 바로 마인들이 내뿜는 특유의 기운 마기(魔氣)다.

서하령이 말했다.

"포위당했어."

"뭐?"

형운이 놀라서 그녀를 보았다. 그뿐만 아니라 마곡정 역시 놀라고 있었다.

"다섯 명이야. 지붕 위에 셋, 그리고……."

서하령의 시선이 뒤쪽으로 향했다.

어느새 그곳에 가려가 모습을 드러내어 한 사람과 대치하고 있었다. 마찬가지로 검은 옷을 입은 사람이었다.

입구에 선 남자가 말했다.

"호위무사의 기도로 보건데 별의 수호자에서 키우는 인재들이겠지? 같이 가줘야겠다."

"같이 가서 뭘 하지요?"

서하령이 당돌하게 물었다. 그러자 남자가 히죽 웃었다.

"그야 당연히 위대한 가르침을 펼치는 몸이 되어야지."

"요즘 광세천교가 기가 살아서 날뛴다더니 설마 성해에서 대놓고 날뛸 줄은 몰랐……."

쾅!

남자가 다짜고짜 날린 일장에서 투명한 기의 파랑이 쏘아져 나와서 벽을 강타했다. 폭음이 울리면서 벽에 반쯤 구멍이 뚫려서 흙먼지가 피어오른다.

"광세천교 따위와 우리를 비교하다니! 그 모욕, 당장 취소하지 않으면 죽지도 살지도 못하는 몸으로 만들어주겠다!"

남자가 분노했다. 서하령이 어리둥절해하며 물었다.

"광세천교가 아니라고요?"

"그런 사이비 무리들로 오인하다니 불쾌하군! 무지한 어린애가 아니라면 당장 쳐 죽였을 것이야!"

"그럼 어디 소속이죠?"

"우리는 위대한 흑영신을 모시는 사도들이다!"

"아, 흑영신교……."

서하령이 납득했다는 듯 중얼거렸다.

형운은 그가 흑영신교의 광신도임을 알자 어이가 없었다.

'어차피 탄압받는 처치인 건 똑같은데 어쩜 저리도 융통성이 없는지 원.'

흔히 2대 마교로 불리는 광세천교와 흑영신교의 사이는 나빴다.

그것도 그냥 나쁜 정도가 아니다. 서로 못 잡아먹어서 안달인지라, 같은 지역에서 둘이 부딪쳤을 때 그들을 토벌하러 온 관군도 아랑곳하지 않고 싸워 대다가 궤멸한 어이없는 일도 있었다.

인간끼리의 문제는 타협의 여지가 있다. 하지만 그들의 광기 어린 믿음은 서로의 존재를 결코 용서하지 않았다.

광세천교의 믿음은 이렇다.

"이 세상은 잘못되었다. 그 이유는 이 세계가 아직 미완성이기 때문이다. 위대한 구주 광세천께서 이 세상에 임하시어 모든 부조리를 끝내고 광세가 도래할 것이다!"

그에 비해 흑영신교는 이 세상은 죄인들이 벌 받는 지옥이고 오로지 위대한 흑영에 대한 믿음을 갖고 고난을 감내하는 자들만이 극락정토로 향하는 좁은 문을 통과할 수 있다는 교리를 가졌으니 둘이 충돌하는 게 당연했다. 서로 양극단에 위치한 광신도와 광신도가 만났을 때 그 사이에 타협과 이해 따위가 끼어들 틈은 없다.

서하령이 물었다.

"그런데 흑영신교도 귀혁 아저씨가 밟아줘서 재기불능 직전이라고 하더니 용케 이런 짓을 벌였군요?"

"귀혁? 귀혁이라고 했나 지금?"

남자의 눈이 광기로 번들거렸다.

"그와 관련이 있었다니 잘되었군. 생각보다 우리가 월척을 낚은 모양이야."

"이미 낚은 물고기 취급이야? 원 참."

마곡정이 투덜거렸다. 그는 전신의 기운을 끌어모은 채 흑영신교의 일당들이 허점을 드러내기만 기다리고 있었다.

콰아앙!

그때 위쪽에서 폭음이 울려 퍼졌다. 그리고 작은 신음 소리와 함께 한 사람이 골목으로 추락했다.

그 모습을 본 형운이 반사적으로 움직였다. 머리부터 떨어지는 상대를 붙잡아서 빙글 돌려서 붙잡는다. 그것으로 낙하시의 충격이 거의 완벽하게 상쇄되었다.

"가려 누나!"

떨어진 것은 가려였다. 그녀는 복면이 반쯤 찢어지고, 옷도 여기저기 너덜너덜해져서 피를 흘리고 있었다.

위쪽에서 음산한 목소리가 들려왔다. 그는 지붕 위에서 얼굴을 내밀고 아래쪽을 굽어보고 있었다.

"둘이 당했다."

"뭐라고?"

아래쪽에 있던 남자들이 깜짝 놀라서 가려를 바라보았다. 위쪽의 남자가 이를 갈았다.

"애들 호위치고는 지나치게 수준이 높았다. 아무래도 이 녀석들, 꽤 고위 인사의 제자나 자식이 아닐까 싶군."

"과연. 흉왕(凶王) 귀혁의 이름을 입에 담을 만하군."

그들이 발하는 압박감이 강해졌다.

그때 마곡정이 움직였다.

계속 기회를 노리던 그는 흑영신교도들이 대화를 나누면서 자신들에게 시선을 떼는 짧은 틈을 놓치지 않았다. 두 남자의 시선이 모두 자신들에게서 떨어지는 순간 입구의 남자에게 돌진, 인정사정 봐주지 않고 일격을 날렸다.

쾅!

폭음이 울리며 남자가 뒤로 튕겨 나갔다.

'애송이가 어찌 이런 내공을!'

남자가 경악했다.

동시에 서하령도 움직였다. 그녀가 부서진 벽의 파편들을 발로 쓸어 올린다. 그리고 팔을 휘두르자 그것들이 무시무시한 기세로 쏘아져 올라 위쪽에 있던 자를 노렸다.

퍼펑! 펑!

지붕 위에 있던 자가 기겁해서 방어했다.

그 틈에 서하령이 유유히 골목 안쪽으로 나아갔다. 마치 산책을 하듯 사뿐사뿐 걷는데 단 두 걸음 만에 오 장의 거리가 사라졌다.

"어린 계집이 감히!"

상대가 강맹한 권격을 쳐 냈다. 투명한 어둠이 공격의 궤적에 겹쳐져서 날아든다.

그러나 서하령은 그것을 슬쩍 고개를 틀면서 피하고는 몸을 낮춘다. 그녀의 팔꿈치가 상대의 명치를 찍었다.

"끄억……!"

호흡이 끊긴 상대가 눈을 부릅뜬다. 그리고 완전히 붙은 상태에서 서하령의 몸이 가볍게 비틀리나 싶더니 폭음이 울렸다.

꽈앙!

단 일격에 흑영신교도가 날아가 버렸다. 흑영신교도는 멀어져 가는 의식으로 생각했다.

'말도 안 돼! 어린 계집의 무공이 어떻게 이렇게……!'

"검객의 자존심을 세울 기회를 안 줘서 미안해요. 검을 뽑게 놔두면 귀찮아질 것 같았거든요."

서하령이 중얼거렸다. 급습으로 쓰러뜨린 남자는 검객이었다. 그렇기에 그가 검을 뽑을 틈을 안 주고 속전속결로 쓰러뜨렸던 것이다.

그녀가 형운을 보며 말했다.

"형운, 나가자."

3

마곡정은 입구를 막았던 남자와 함께 골목 밖으로 뛰쳐나와서 싸우고 있었다. 선기를 잡은 마곡정이 질풍처럼 남자를 몰아붙였다.

파바바바밧!

"큭!"

남자가 신음했다.

흑영신교의 무공은 마공이다. 이 세상에 사는 모든 인간을 형벌을 받는 죄인으로 취급하는 그들은 교도가 아닌 인간의 목숨을 유린하는 데 주저함이 없다. 갓난아기든, 살날이 얼마 남지 않은 늙은이든 강해지기 위해서라면 주저 없이 희생시킨다.

그렇기에 일개 행동대원이라고 하더라도 그들의 내공은 정상적으로 무공을 연마한 자들보다 훨씬 우위에 있었다. 그의 내공도 4심을 넘어 5심을 바라보니 마곡정 또래의 소년이라면 아무리 천재라도 그 몸에 상처 하나 내기 어렵다.

그런데…….

'어떻게 이런 애송이의 내공이 나와 대등한가!'

마곡정의 주먹이 남자의 장심과 충돌했다. 잔재주고 뭐고 없는 힘과 힘의 대결이다.

꽝!

"크억!"

그런데 남자가 밀린다!

뒤로 이 장이나 주르륵 밀려나는 남자에 비해 마곡정은 두 걸음 물러나더니 금세 균형을 바로잡고 뛰어들고 있었다.

"약해! 마공이 고작 이거냐? 패악무도한 수법으로 힘을 키운 주제에 무공을 이 년 배운 놈보다도 못하다니 당장 칼 물고 죽어라!"

마곡정이 야수처럼 웃으며 외쳤다.

마곡정의 내공은 남자보다 뒤진다. 마곡정도 각종 비약을 먹고 영수의 피에 잠재된 힘을 내력으로 승화시켜 내공이 4심에 도달했지만 갓 기심을 이룬 수준인지라 곧 5심을 바라보는 남자와의 차이는 꽤 컸다.

그러나 마곡정은 그것을 탁월한 신체 능력과 천부적인 감각으로 메우고 있었다.

서로 동시에 강격을 쳐 낼 경우, 남자의 일장보다 마곡정의 일권이 빠르다. 남자의 일장이 완전히 뻗어지기 전에 마곡정의 주먹이 거기에 충돌하니 오히려 위력으로 압도하는 게 당연했다.

마곡정이 호기롭게 외쳤다.

"날 상대하려면 흑영신교의 팔대호법 정도는 데리고 오시지!"

"애송이 주제에 감히!"

하늘같은 팔대호법을 논하는 마곡정의 오만함에 남자가 분노했다. 그의 전신에서 투명한 어둠이 휘몰아쳤다.

그 앞에서 마곡정의 기척이 꺼지듯 사라졌다. 분명히 눈앞에 마곡정이 있는데 허상인 것처럼 공허한 느낌만이 감각을 엄습한다.

'이건 뭐냐?

남자가 움찔하는 순간, 마곡정의 모습이 허상처럼 사라지면서 옆에 나타났다. 형운을 상대로 사용했던 분신술이었다.

그러나 남자도 호락호락하지 않았다. 마곡정이 내뻗은 일장을 아슬아슬하게 피해내면서 무릎차기로 반격했다.

"크윽!"

마곡정이 그걸 아슬아슬하게 막아냈다. 그러나 충격을 완전히 흘리지 못해서 몸이 붕 떴다.

남자는 그 틈을 놓치지 않았다. 그의 눈이 빛나면서 투명한 어둠의 파랑이 광풍처럼 휘몰아친다!

'끝이다, 짐승 같은 애송이!'

그런데 그때였다.

파칫!

갑자기 뭔가가 그의 감각을 자극했다. 급하게 고개를 숙이자 간발의 차이로 거기에 화살처럼 쏘아진 돌멩이가 스쳐 간다.

'누가 이런 장난질을!'

그가 분노했을 때였다. 찰나의 틈에 균형을 바로잡은 마곡정이 허공에서 몸을 틀며 채찍처럼 휘어지는 궤도의 발차기를 날렸다.

팍!

남자는 그것까지도 막아냈다. 그러나 그 직후 그의 예상을 완전히 벗어나는 일이 벌어졌다. 아직 허공에 떠 있는 마곡정 옆에서 형운이 불쑥 솟아난 것이다.

'이 애송이는 어디서 나타난 거야?'

경악한 그에게 형운이 혼신의 힘을 다한 주먹을 날렸다.

쾅!

폭음이 울리면서 남자의 몸이 장난감처럼 날아가서 땅에 처박혔다.

형운은 잠시 주먹을 내민 자세 그대로 굳어 있었다.

'아⋯⋯.'

무공을 익힌 후로 전력을 다해 사람을 쳐본 것은 처음이었다. 바위도 부술 수 있는 위력으로 사람을 쳤으니 그 결과는⋯⋯.

땅에 처박혀서 몇 바퀴나 구른 남자가 고개를 들었다. 피투성이가 된 얼굴로 손을 든 채 믿을 수 없다는 듯 중얼거렸다.

"이런 애송이들에게 내가 당하다니, 말도 안⋯ 돼⋯⋯."

그리고 그는 고개를 꺾고 절명했다.

형운은 돌처럼 굳어져서 그 모습을 보고만 있었다. 몸이 덜덜 떨리고 호흡이 가빠진다.

'사람을 죽였어.'

비록 패악무도한 적이라고는 하나 자신의 주먹으로 사람을 쳐죽였다. 그 사실이 극심한 동요를 불러왔다.

그때 마곡정이 그의 뒤를 가로막았다.

"정신 차려, 이 멍청아!"

번쩍이는 비도(飛刀)가 형운의 뒤통수를 노렸다. 마곡정이 그걸 쳐 내고는 형운의 멱살을 잡았다.

"왜 엄살이야! 적을 쳐 죽이는 게 처음도 아니면서! 패버리기 전에 얼른 정신 안 차릴래?"

"…처음 죽여 보는데?"

"……."

형운이 얼결에 대답하자 마곡정이 꿀 먹은 벙어리가 되었다. 그 뒤쪽에서 서하령이 말했다.

"무공을 배운 지 이제 이 년 밖에 안 됐으니 실전이 처음인 것도 당연하지. 곡정이 너는 무슨 소리를 하는 거야? 너도 지난번에 풍성 아저씨 따라가서 싸웠을 때가 처음이었으면서."

"으음. 생각해 보니 그러네."

마곡정이 혀를 찼다. 그러더니 그녀에게 버럭 화를 냈다.

"그나저나 누나! 왜 끼어든 거야! 나 혼자 해치울 수 있었는데!"

"내가 보기엔 꽤 위험한 상황 같았는데 아니니?"

"아니었다고! 이, 일부러 허점을 보여서 공격을 유도한 거였다!"

마곡정이 얼굴을 붉혔다.

조금 전, 그가 위기에 처했을 때 남자에게 돌멩이를 날려서 허점을 만들어준 것이 바로 서하령이었던 것이다. 또한 그녀는 형운을 보내서 결정타를 날리도록 지시했다.

그때 음산한 목소리가 들렸다.

"얕볼 만한 애송이들이 아니었군."

지붕 위에 있던, 가려를 쓰러뜨린 남자가 그 앞에 내려섰다. 조금 전 형운에게 비도를 던진 것이 바로 그였다.

거기에 또 다른 목소리가 끼어들었다.

"확실히 재미있는 녀석들이네. 아름다운 꽃도 한 명 있고."

남자보다 훨씬 앳된 목소리였다. 하지만 음산한 남자는 그를 보더니 양손을 모아 예를 취했다.

"여기에는 어인 일이십니까?"

"불러도 안 온다길래 내가 확인해 보러 왔지. 그런데 이게 뭔가? 위대한 흑영을 모시는 몸으로서 창피하군."

그렇게 말한 것은 형운과 비슷한 또래로 보이는 소년이었다. 눈이 가늘고 뱀처럼 차가운 인상을 풍기는 소년은 전신에서 음울한 기운을 풀풀 풍겨내고 있었다.

형운이 그를 보고 침을 꿀꺽 삼켰다.

'이 녀석도 마공을 익혔잖아?'

마공은 인간의 도리를 저버려야만 익힐 수 있는 무공이다.

형운이 귀혁에게 들은 '마공의 연마 방법'들은 하나같이 마공이라는 불길을 태우기 위해서 인간을 땔감처럼 소모하는 것들뿐이었다. 그렇기에 형운은 마공을 터득한 마인이라면 쳐 죽일 때 주저하지 않아도 된다는 귀혁의 말에 공감했다.

하지만 자신과 비슷한 또래의 소년이 마기를 풍기고 있으니 혼란스럽다. 저렇게 어린 나이에 인간의 목숨을 장난감처럼 취급하면서 마공을 익혀왔단 말인가?

'아니, 새삼스러운 일도 아닌가?'

생각해 보면 객잔의 하인으로 일하던 시절, 부유한 집안의 아이들이 자기를 어떻게 보았던가? 적어도 같은 사람으로 보지는 않았다.

그렇다면 그보다 훨씬 막나가는 집단에서 길러진 놈이라면 어린 나이에 괴물이 되어도 이상하지 않다. 어려서부터 갖가지 인간 군상을 보아온 형운은 그 사실을 빠르게 받아들였다.

쫘아아앙!

갑자기 굉음이 울려 퍼지면서 땅이 뒤흔들렸다.

다들 깜짝 놀라서 소리의 진원지를 바라보았다. 형운의 눈이 크게 떠졌다.

"세상에⋯⋯!"

집채보다도 거대한 괴물이 별의 수호자 총단의 외벽을 들이받고 있었다.

그 괴물은 척 봐도 정상적인 존재가 아니었다. 모습은 호랑이를 닮았는데 크기는 무려 수십 장에 달하고 털은 새카맸으며 등에는 눈에서 푸른 불길이 이글거리며 두 장의 날개까지 달려 있었다.

서하령이 중얼거렸다.

"마수(魔獸)⋯⋯."

사악한 힘에 물든 영수, 그것이 바로 마수였다.

실로 어마어마한 힘을 가진 마수가 별의 수호자 총단을 공격하고 있었다. 한번 들이받을 때마다 결계가 뒤흔들리면서 투명한 어둠의 파랑이 주변을 휩쓴다.

안쪽에서 빛이 마구 번쩍이고, 그때마다 폭염이 치솟거나 뇌전이 번쩍이는 걸 보니 이미 별의 수호자 측도 대응에 들어간 것 같았다. 하지만 안심할 만한 상황은 아니다.

그때 성해 중심부에서 한줄기 푸른 섬광이 날아올랐다.

퍼엉!

하늘 높이 올라가서 폭발하는 그 섬광을 보면서 소년이 혀를 찼다.

"이런, 사부님께서 실패하신 모양이군. 역시 여기 성주의 저택은 방비가 철저했나?"

그는 고개를 저으며 다가왔다.

"나는 흑영신교 팔대호법의 일원, 암운령(暗雲靈)의 제자 이군혁. 너희는 뭐지? 특히 거기 아름다운 아가씨의 이름을 꼭 듣고 싶군."

"팔대호법의 제자라니 제법 거물인데?"

마곡정이 흥미를 보였다.

서하령이 손을 뻗어 그를 제지했다.

"경거망동하지 마. 주변의 살기가 안 느껴져?"

"알아. 너무 바보 취급하지 말라고, 누나."

모습을 드러낸 것은 이군혁뿐이다. 하지만 주변에 모습을 감추고 있는 기척이 똑똑히 느껴졌다. 별로 자신들의 존재감을 숨기지 않고 드러내는데 그 기파가 보통이 아니다.

이군혁이 히죽 웃었다.

"다시 한 번 소개를 청하고 싶군."

"나는 별의 수호자 풍성 초후적의 제자 마곡정이다."

"서하령. 그렇게만 알아둬."

그 말에 주변의 기척들이 술렁이는 게 느껴졌다.

이군혁이 그 반응에 의아해하며 물었다.

"음? 왜들 그러지?"

"성운의 기재입니다."

"뭐? 누가?"

"서하령은 별의 수호자가 보유한 성운의 기재입니다."

"호오."

이군혁이 놀라서 서하령을 바라보았다.

서하령이 성운의 기재라는 것은 밝혀지자마자 별의 수호
자 전체를 술렁이게 했다. 이 과정에서 흑영신교 역시 그 정
보를 입수한 것이다.

이군혁이 말했다.

"이처럼 아름다운 소녀가 성운의 기재라니, 세상은 정말
오래 살고 볼 일이로군. 전부터 성운의 기재가 얼마나 뛰어난
지 시험해 보고 싶었는데 잘되었어. 쌍객, 그녀를 잡아가는데
이견은 없겠지?"

"물론이오, 공자. 성운의 기재라면 그럴 가치가 충분하지."

굵직한 음성이 들려오며 두 명이 모습을 드러냈다. 삿갓을
쓰고 그 아래쪽으로 붉은 안광을 흘리는 중년의 남자들이었
다. 허리에 찬 검을 뽑아 들지 않고 팔짱을 끼고 있을 뿐인데
무시무시한 기운이 뿜어져 나온다.

이군혁이 말했다.

"성운의 기재와 풍성의 제자라면 좋은 장난감이 되겠군. 아, 너는 뭐지?"

이군혁의 시선이 굳어 있던 형운에게 향했다. 겨우 동요를 가라앉히고 상황을 살피던 형운이 당당함을 가장하고 말했다.

"난 영성의 제자, 형운이다."

"뭐?"

그 말에 이군혁이 경악했다. 그뿐만 아니라 흑영신교의 일원들이 다들 동요하며 형운을 바라보았다.

"흉왕의 제자라고?"

"제자를 들였다는 이야기는 들었지만 놀랍군."

"하지만 흉왕의 제자치고는 별 볼 일 없어 보이는데."

"다른 둘의 기도가 훨씬 뛰어나다."

"무공을 익힌 지 이 년 밖에 안 됐다고는 들었지만……."

이군혁을 빼면 다들 별로 말수가 없어 보이더니 활발하게도 떠든다. 형운이 울컥했다.

'젠장. 그래, 나 재능 없다! 너희가 말해주지 않아도 안다고!'

지긋지긋하게 들은 소리를 마교의 무리한테까지 또 들으니 열 받는다. 그래도 이 년 전에 비하면 참 외모도 많이 나아졌고 실력도 꽤 늘었건만!

이군혁이 말했다.

"이거 생각지도 못하게 거물을 만났군. 몰라봐서 미안해.
네가 흉왕의 제자였을 줄이야. 흑영신께서 나를 보살펴 주시
는 게 틀림없군. 이 행운에 몸서리가 쳐질 지경이야."

"흉왕이라고?"

처음 들어보는 별명이다. 이군혁이 말했다.

"우리 교의 전대 팔대호법 중 세 분을 죽이고 존엄하신 교
주님과 신녀(神女)를 해한 사악한 악마를 가리키는 별칭이
지."

"……."

형운은 할 말을 잃었다.

'와, 우리 사부님 진짜 대단하다.'

예전에 광세천교를 궤멸 직전까지 몰아넣는데 한 손 보탰
다는 이야기는 들었는데 흑영신교에 대해서는 딱히 들어본
적이 없었다. 그런데 흑영신교를 상대로도 비슷한 위업을 달
성한 것 같지 않은가?

'이러고도 강호에 이름이 알려지지 않다니 우리 조직 정보
은폐 능력 진짜 굉장하네.'

귀혁에 대해서는 별의 수호자가 광범위한 정보 조작을 행
해서 정체를 감춰두고 있었다. 팔객의 일원인 폭풍권호가 신

비의 인물로 알려진 것도 다 그런 작업이 뒷받침된 덕분이다. 만약 다른 이가 귀혁만 한 위업을 달성했으면 아마 팔객을 넘어 이존과 필적하는 명성을 갖지 않았을까?

이군혁이 교도를 가리키며 말했다.

"너."

"예."

"쌍객과 함께 풍성의 제자를 죽이고 아름다운 성운의 기재를 확보하라. 나는 흉왕의 제자를 처리하지."

"알겠습니다."

남자는 자기보다 나이 어린 이군혁의 명령에도 전혀 거부감을 보이지 않고 고개를 숙였다.

이군혁이 음산한 마기를 풍기면서 형운에게 다가왔다.

"자, 그럼 무인답게 일대일로 붙어볼까? 이 자리에서 너를 죽이고 내가 흑영신의 사도가 될 재목임을 증명하마."

"고작 그런 이유로 사람을 죽이겠다고 하는 거냐?"

형운이 어처구니가 없어서 물었다. 이군혁이 대답했다.

"그 이상의 이유가 필요한가? 흉왕의 제자라고 예우를 해주니 자신이 버러지 이하임을 모르는군."

"뭐?"

"믿음이 없는 자들은 얼마든지 밟아 죽여도 되는, 아니, 기꺼이 밟아 죽여서 공덕을 쌓아야 하는 죄인이다. 이 자리에서 죽는 것이 내가 공을 얻는데 도움이 되니, 그로써 너는 스스로의 죄가 조금이나마 씻겨 나가는 데 고마워해야 할 것이야."

"······."

순간 형운은 멍청한 눈으로 이군혁을 바라보았다.

'와, 이게 광신도구나.'

왜 중원삼국의 황실에서 흑영신교를 마교로 선포하고 믿음을 금지했는지 알 것 같았다. 이건 진짜 답이 없는 미친놈이다.

조금씩 다가오는 그를 보며 형운이 자세를 잡았다. 그때였다.

"아! 무사님! 일어나시면 안 돼요!"

"으윽, 고, 공자님······."

예은이 안타까워하는 목소리가 들려왔다. 그리고 쓰러져 있던 가려가 일어났다.

형운은 돌아보지 않고 말했다.

"누나, 누워 있어요."

"그럴 수는··· 없습니다."

가려는 비틀거리면서 앞으로 나왔다. 그리고 검을 뽑아 들고 이군혁에게 겨누었다.

"저는 공자님을 지키는 호위무사입니다."

이군혁을 노려보는 그녀에게서 섬뜩한 기파가 쏟아져 나왔다.

한 번 그녀를 쓰러뜨렸던 교도가 이군혁에게 경고했다.

"실력이 범상치 않은 계집입니다. 우리 교도 둘을 헤쳤습니다."

애당초 그들이 가려의 위치를 잡고 포위하면서 싸움을 시작했는데도 둘이 쓰러진 후에야 그녀를 이길 수 있었다. 석준이 가려를 굳이 양지로 내보내려는 데는 다 이유가 있었던 것이다.

이군혁이 미소 지었다.

"그런 것 같군."

다 죽어가는 가려였지만 그녀가 풍기는 기파는 막강했다. 검이 닿는 거리에 들어가면 영혼까지 베어버릴 것 같다.

'하지만 그래 봤자 일격… 아니, 어쩌면 이격까지 뿌려낼 수 있을지도 모르지만 그게 한계다.'

이군혁은 냉정하게 가려의 한계를 가늠했다.

하지만 그가 가려의 간격에 들어가기 전, 형운이 나섰다.

"누나는 충분히 할 바를 했어요."

형운은 그렇게 말하면서도 주변을 살피고 있었다.

이미 쌍객이라고 불리는 자들이 서하령과 마곡정을 상대로 공격을 펼쳤다. 마곡정은 물론이고 그토록 강해 보였던 서하령조차도 그들에게 섣불리 반격하지 못하고 밀리고 있었다.

"예은이를 부탁해요."

형운은 그렇게 말하며 앞으로 걸어 나갔다.

'이놈을 쓰러뜨린다.'

이제는 그것만 생각하기로 한다. 아마 그것만으로도 자신의 한계를 시험하는 목표일 테니.

5

형운과 이군혁의 거리가 조금씩 줄어들었다. 형운은 그가 뿜어내는 마기에 강렬한 압박감을 느꼈다.

'이놈의 내공은 나보다 위일 거야.'

형운도 자기 내공이 또래에서 비길 만한 대상이 별로 없다는 것 정도는 안다. 마곡정의 내공은 그보다 더 위지만 그건 그가 아주 특수한 경우일 뿐이다.

하지만 이군혁 역시 둘과 마찬가지로 특수한 경우에 속하리라. 무엇보다 그는 마공을 익힌 마인이 아닌가?

이군혁이 손을 까딱였다.

"흉왕의 제자라고는 하나 무공에 입문한 지는 이 년밖에 안 됐다고 들었다. 무공의 선배로서 선수를 양보하지. 아, 혹시 부족하다면 세 수까지는 양보할 수 있다. 한번 해보고 싶었거든?"

그 말에 형운이 그를 빤히 바라보다가 말했다.

"싫은데?"

"뭐?"

"양보받기 싫다고. 그냥 네가 먼저 치시지."

형운이 가슴을 펴고 허세가 넘치는 태도로 손가락을 까딱였다. 이군혁보다 더욱 오만하게 상대방을 도발하는 자세였다.

귀혁은 말했다.

"절대 약한 모습을 보이지 마라."

싸움에 임해서 적에게 약한 모습을 보이는 건 바보짓이다.

어떤 때라도 강한 척해라. 허를 찔려도 안 그런 척, 다 예상했다는 듯 허세를 부려라. 내가 동요할 상황을 상대방이 동요할 상황으로 바꾸는 것도 기술이다!

형운은 그 가르침을 충실히 따르고 있었다.

이군혁이 눈을 치켜떴다.

"…호오, 과연 흉왕의 제자답게 오만하군?"

"다른 사람이면 몰라도 너한테 들을 소리는 아닌 것 같다."

"후훗. 그래. 흉왕의 제자가 겸손하다면 그것 또한 이상한 일이겠지. 네 사부는 세상천지에 무서울 것이 없이 오만하고, 신조차도 경외하지 않는 악귀 같은 자였다고 하니."

형운은 그 평가에는 공감했다. 귀혁이 뭔가를 무서워하다니, 꿈에서도 상상할 수 없다.

이군혁이 혀를 내밀어 입술을 핥았다.

"너를 쓰러뜨리고 성운의 기재를 데려간다. 그것만으로도 내 입지는 반석에 오르겠지. 하는 김에 저 여자애도 데려가야겠군."

"뭐?"

이군혁이 말하는 것이 예은임을 깨달은 형운의 눈썹이 꿈틀거렸다.

이군혁이 말했다.

"저 나이면 처녀일 테니 탁하지 않은 정혈을 취할 수 있을 것이야. 네놈을 쓰러뜨리고 취할 전리품으로 가치가 있다."

"이 자식……!"

형운이 이를 갈았다.

조금 전까지만 해도 자기 또래의 소년인 이군혁이 과연 귀혁이 말한 대로 '주저 없이 쳐 죽여도 되는 사악한 종자'인지 혼란스러워했는데 그런 망설임이 깨끗하게 날아갔다. 이제 열세 살밖에 안 된 어린 여자애를 보고 뭐가 어째?

'침착해라.'

동시에 형운은 귀혁의 가르침을 떠올리며 마음을 가라앉혔다.

언제나 얼음처럼 냉정해야 한다. 가슴에서 불덩이가 타오르더라도 머리까지 그 열기에 물들지 마라. 분노를 이성으로 정제할 수 있을 때, 감극도는 진정한 힘을 발한다.

형운은 오만한 표정을 연기하며 손가락을 까딱거렸다.

"흑영신교가 개자식들만 모인 쓰레기통이라더니 사실이군. 와라. 너희를 오줌을 질질 싸면서 도망가게 만든 그분의 제자인 내가 너그럽게 선수를 양보하마."

"하!"

이군혁이 어처구니가 없다는 듯 웃었다. 그의 눈이 분노로 물들었다.

"그렇다면 기꺼이 그 목숨을 취해주지!"

이군혁이 벼락처럼 움직였다. 검은 기운이 소용돌이치며 따라오는 주먹이 형운의 몸통을 노린다.

'일격으로 끝내주마!'

그는 자신감에 차 있었다.

형운에 대한 정보는 다 알려져 있었다. 귀혁이 제자로 들이기 전까지는 무공이 뭔지도 몰랐던 고아 소년, 그리고 재능이라고는 눈곱만큼도 없는 녀석.

아무리 흑영신교를 공포에 떨게 한 흉왕에게 배웠다고 할지라도 한계는 있다. 이 년 동안 달라져 봤자 얼마나 달라졌겠는가? 천고의 기연을 밥 먹듯이 겪지 않는 한에야!

'영약 좀 처먹고 신공절학을 배우기야 했겠지만 그래 봤자다!'

그래서 그는 다음 순간 일어난 일을 이해하지 못했다.

"어……?"

이군혁은 멍청하니 허공을 올려다보고 있었다.

지상에서 피어오르는 연기로 뿌옇게 흐려진 하늘이 보였다.

어째서 자신이 하늘을 보고 있는 건지 모르겠다. 그 직전의 기억이 없고 지금 상황이 뭐였는지 혼란스럽다.

"……."

그때 섬뜩한 기파가 감각을 자극하면서 시야에 그림자가 드리워졌다.

이군혁은 반사적으로 몸을 튕겨서 뒤로 물러났다.

쾅!

간발의 차이로 형운이 그 자리에 내려서면서 발로 바닥을 내리찍었다. 그것을 본 이군혁의 모골이 송연해졌다.

'뭐지? 무슨 일이 일어난 거야?'

혼란스러워하는 그에게 형운이 곧바로 달려든다. 지면을

부숴 버릴 정도로 강맹한 내리찍기 직후에 뛰어들다니, 놀라운 탄력이다.

근력, 유연성, 순발력, 반응속도까지 모든 면에서 형운은 또래의 소년이 도저히 도달할 수 없는 수준에 이르러 있었다.

형운은 마곡정의 육체가 자기보다 뛰어나다는 것에 열받아했지만, 애당초 순혈의 인간이 육체적으로 그에 비견될 만한 수준까지 갔다는 게 놀라운 일이다. 의식주를 총동원한 귀혁의 인체개조술(?)은 이미 충분한 성과를 보이고 있었다.

파파파파파!

이군혁을 따라잡은 형운이 질풍처럼 연타를 날렸다. 상대를 현혹시키는 변화는 없지만 대신 무시무시하게 빠르다!

그래도 평소 같으면 여유롭게 방어했을 수준이다. 하지만 이군혁은 금세 손발이 어지러워졌다.

'뭐야? 몸이 내 뜻대로 안 움직여!'

이군혁은 몰랐지만 그의 몸은 정상이 아니었다.

형운은 처음에 그를 도발해서 강격을 이끌어냈다. 완전히 형운을 얕보고 있던 이군혁의 첫 공격은 빠르고 강맹했지만 그뿐, 감극도를 연마한 형운 입장에서는 반격을 꽂아 넣기 좋은 먹잇감에 불과했다.

이군혁이 뛰어드는 순간 무심반사경이 발동, 맞고 즉사했어도 이상하지 않았을 일격이 들어갔다.

첫 살인의 동요 따위는 조금도 느껴지지 않는 공격이었다. 무심반사경은 활줄에 미리 걸어둔 화살이 발사되는 것과 같다. 화살을 활줄에 걸 때는 사람의 의지가 개입되지만 발사될 때는 어떤 잡념도 끼어들지 않는 순수한 무념무상의 공격이 이루어진다.

그것을 맞고도 살아남은 것만으로도 이군혁은 대단하다는 평가를 들을 만했다. 하지만 잠시 의식이 끊어지기까지 했고 상당한 내상을 입었으니 몸이 말을 안 들을 수밖에.

형운은 혀를 내둘렀다.

'몸뚱이를 강철로 만든 것도 아닐 텐데?'

도대체 내공이 얼마나 심후하기에 경기공이 이토록 강하단 말인가? 아니면 몸을 단단하게 만드는 특수한 마공이라도 터득하고 있는 것일까?

의문을 품으면서도 형운은 곧바로 맹공을 펼쳤다. 머릿속에 귀혁의 가르침이 떠오르고 있었다.

"승기를 잡았으면 절대 놓치지 마라."

싸움은 기세다.

아무리 실력이 좋은 놈도 한번 기세에서 밀리기 시작하면 어이없이 패배해 버리는 경우도 있다. 귀혁은 다양한 상황을 경험하게 하면서 그 사실을 각인시켰다.

퍼퍼퍽!

결국 이군혁의 손발이 어지러워지면서 공격이 적중했다.

"으으……!"

이군혁은 계속해서 밀리면서 신음했다.

이상하다. 몸이 뜻대로 안 움직이는데다가 이상할 정도로 호흡하기가 힘들다. 자신만큼 내공이 심후한 자가 고작 이런 상황에서 호흡 곤란 증세를 느끼다니 말이 되는가?

"버러지 주제에 감히 내 존귀한 몸에 상처를 입히다니!"

비틀거리던 이군혁의 눈이 붉게 물들면서 섬뜩한 광채가 쏟아져 나왔다. 동시에 그의 움직임이 빨라졌다.

퍼엉!

맹공을 펼치던 형운이 튕겨 나갔다. 형운은 땅을 미끄러지면서 이를 악물었다.

'젠장, 역시 내 중압진(重壓陣)으로는 너석을 완전히 묶어 놓을 수 없군.'

중압진.

그것은 감극도에 이어 귀혁이 형운에게 전수한 또 하나의 절기였다.

형운과 만난 호장성에서 흑수귀를 격멸할 때 보였던 이 무공은 사용자의 기파로 주변의 대기를 장악하여 특수한 영역을 형성한다. 이 영역 안에 들어온 자들은 '공기가 무거워졌다'고 느낀다. 호흡하기가 힘들어지고 움직임이 둔해진다. 귀혁 정도 되면 마치 격하게 흐르는 물속을 헤엄치는 기분을 느끼게 만들 수도 있었다.

하지만 아직 형운의 중압진은 수준이 낮다. 상대방이 거의 압박을 느끼지 못하고 호흡이 좀 힘들어지고 몸놀림이 둔해지는 정도다. 이군혁이 느낀 것은 중압진의 효과였던 것이다.

"크으으, 내가 너무 깔봤군. 흉왕의 제자답게 한 수는 가졌다 이거지?"

무시무시한 눈으로 형운을 노려보는 이군혁의 전신에서 피처럼 붉은 기운이 피어올랐다. 보고 있는 것만으로도 섬뜩한 광경이다.

그 앞에 선 형운이 심호흡을 했다.

'쫄지 마. 그래 봤자 사부님에 비하면 아무것도 아냐.'

누군가와 생사를 걸고 싸운다는 사실이 두렵다. 하지만 이군혁이 발하는 무시무시한 마기에 압도당하지는 않았다.

귀혁의 기파를 경험했기 때문이다. 때때로 귀혁은 고수의 기파에 억눌리지 않는 심력을 기르기 위해서 자신의 기파를 견디게 했고 그 경험이 형운으로 하여금 이군혁의 기파를 견딜 수 있게 만들었다.

이군혁이 말했다.

"제대로 상대해 주지."

맹수와 정면으로 마주하고 있는 압박감이다. 전심전력으로 마기를 전개하는 이군혁의 기파는 다가가는 것만으로도 갈가리 찢길 것처럼 흉포했다.

그러나 형운은 동요를 드러내지 않았다. 필사적으로 자신을 달래면서 태연함을 가장한다.

귀혁은 말했다.

"마공을 익힌 놈들의 공통점은 하나같이 성정이 오만하고 폭급하다는 거다. 도발하면 진짜 잘 넘어오지."

마공은 인간의 도리를 저버려야만 익힐 수 있는 대신 단기간에 탁월한 힘을 손에 넣을 수 있다. 하지만 그 대가로 마성이 영혼에 침투해서 인격이 변질되고 만다. 아무리 선량하고 인내심 깊은 자라도 마공을 연마하는 과정에서 폭급하고 잔인하게 변하게 마련이었다.

'그리고 도발이 잘 먹힌다는 건 그만큼 내가 유리하다는 거지.'

형운은 오만한 표정을 연기하면서 이군혁을 도발했다.

"신나게 얻어맞고 질질 짠 놈이 할 대사는 아닌데? 나도 장난은 그만두고 제대로 상대해 주지. 어디 재롱을 부려봐라."

"소원대로 해주마! 흉왕의 제자!"

이군혁이 곧바로 도발에 넘어와서 돌진해 왔다.

6

흑영신교의 팔대호법 중 하나인 암운령에게는 네 명의 제
자가 있었으며 이군혁은 그중 셋째였다. 그러나 다른 제자들
에 비해 혈통 면에서 뒤떨어진다는 이유로 입지가 좁았던 그
는 외부 활동을 활발히 하면서 공적을 쌓기 위해 노력했다.

그동안 그가 쌓은 공적을 높이 평가한 암운령은 호위로 혈
검쌍객(血劍雙客)이라 불리는 이인일조의 검객들을 붙여주었
다. 이들은 검으로 벤 이들의 피를 먹고 힘을 축적하는 마공
을 연마한 마인들이었다.

"과연 성운의 기재로군. 어린 계집 주제에 무공의 성취가
이 정도라니?"

혈검쌍객은 서하령의 기량에 감탄했다.

그들은 행동대원까지 합쳐 셋이서 서하령과 마곡정을 상
대하면 금방 제압할 수 있으리라 여기고 있었다. 그런데 상대
해 보니 이게 보통 어려운 게 아니다.

서하령을 죽일 생각으로 싸웠다면 승부는 금세 끝났으리
라. 하지만 마곡정은 죽이고 그녀는 사로잡으려고 하다 보니

상당히 까다로웠다.

"칭찬해줘 봤자 별로 안 고맙군요."

서하령이 새침하게 말하면서 흘끔 마곡정을 살펴보았다.

"헉, 헉……."

아직 여유가 있는 서하령에 비해서 마곡정은 상당히 지쳐 있었다. 몸 여기저기에 베인 상처가 나서 피가 흐르고 있는데 다가 간간이 두들겨 맞기까지 했다. 게다가…….

'베인 곳에서 기운이 빠져나가고 있어.'

서하령 역시 두 군데를 얕게 베였다. 그런데 그 상처를 통해서 힘이 빠져나간다.

혈검쌍객이 연마한 마공의 힘이었다. 일단 그들의 검으로 상처를 입어서 출혈이 일어나면 지속적으로 힘이 소진된다.

'시간을 끌면 끌수록 불리한데… 역시 다른 사람이 오길 기대할 수는 없을까?'

시간을 끌면 별의 수호자에서 사람을 보내오지 않을까 싶었는데 틀렸다.

형운의 호위무사인 가려에게 전음도 보내 봤지만 소용없었다. 그녀에게는 총단에게 연락을 보낼 수단이 있었지만 적들이 그걸 차단해 버렸다.

이 일대에는 기환진이 펼쳐져 있었다. 서하령은 진법에 대한 공부가 얕아서 구체적으로는 알아보지 못했지만, 기의 흐름만 봐도 안쪽과 외부를 격리시키고 있다는 것 정도는 알 수 있었다.

마곡정이 말했다.

"누나, 영수의 힘을 깨우면 안 될까?"

"넌 안 돼."

"왜?"

"이 사람들 상대로 이성 잃고 날뛰면… 죽어."

마곡정은 핏속에 잠재된 영수의 힘을 일깨워서 일시적으로 전력을 폭증시킬 수 있었다.

그러나 대신 야성에 물들어서 이성을 잃고 날뛰게 된다. 어지간한 상대라면 힘으로 밀어붙여서 쓰러뜨릴 수 있겠지만, 지금 그들이 대치하고 있는 혈검쌍객은 고수다. 오히려 틈을 드러내서 살해당할 뿐이다.

서하령이 말했다.

"그러니 내가 해야지."

"누나가?"

마곡정이 깜짝 놀랐다.

서하령 역시 영수의 피를 이어받았다. 마곡정의 조부인 청안설표보다도 강대한 힘을 가진 대영수의 혈통일 뿐만 아니라 혼혈 제1세대이기까지 하다.

즉, 그녀가 영수의 피를 일깨우면 마곡정보다 훨씬 대단한

힘을 발휘할 수 있다. 하지만 거기에는 그만한 대가가 따른
다.

마곡정이 말했다.

"진심이야? 하지만 그랬다가는……."

"유감스럽게도 그게 아니고서는 너를 살릴 방법을 모르겠
어."

"뭐?"

"이 사람들은 나는 죽일 생각이 없어. 하지만 넌 달라. 이
대로 가면 넌 죽어."

"젠장. 웃기지 마. 내가 아직도 누나가 지켜주지 않으면 질
질 짜는 어린애인 줄 알아? 닥치고 시간을 끌어보자고. 곧 누
군가 구하러 올 거야."

"너무 기특한 소리라서 눈물이 날 것 같아. 곡정아, 늘 그
래주면 이 누나가 참 예뻐해 줄 텐데."

"자꾸 애 취급하지 말랬……!"

버럭 소리를 지르던 마곡정이 다급하게 뒤로 피했다. 그 사
이로 혈검쌍객의 검이 찔러 들어온다.

그와 양쪽으로 갈라섰던 서하령이 검이 거두어지는 틈에
쌍장을 날리고 몸을 빙글 돌린다. 그것만으로도 다시 그녀와
마곡정이 한 자리에 모였다.

혈검쌍객이 혀를 찼다.

"기가 막히는군."

그들은 계속 서하령과 마곡정을 갈라놓으려고 하고 있었다. 둘이 찰싹 붙어 있어서 서하령까지 휘말릴까 봐 전심전력으로 공격을 못하고 있기 때문이다.

하지만 서하령은 그 의도를 일찌감치 간파하고 절대 마곡정과 떨어지지 않았다. 혈검쌍객이 어떤 공격을 가해도 찰나의 틈에 반격을 가해서 움직임을 방해하면서 마곡정의 곁을 지킨다.

서하령이 말했다.

"애들이 대화하는데 끼어들다니, 어른스럽지 못하네요."

"어른스럽다의 정의가 언제부터 그렇게 변질되었지? 버르장머리 없는 처자로고."

"마인 상대로는 사람의 예의 따위는 안 지켜도 된다고 귀혁 아저씨가 그랬거든요."

서하령이 손을 들어서 얼굴을 가렸다. 그리고 마곡정에게 말했다.

"그리고 이 자리에는 너 말고도 살아 돌아가야 할 사람이 많으니까."

"누나."

"뒷일은 맡길게, 마곡정. 별로 믿음직스럽지 못하지만."

"잠깐 기다려 봐! 어이!"

마곡정이 다급하게 말리는 것에 아랑곳하지 않고 서하령이 영수의 피를 일깨웠다. 얼굴을 가린 손 안쪽에서 그녀의 호박색 눈동자가 날카로운 빛을 발했다.

쉬이이이이이……!

그리고 그녀를 중심으로 광풍이 휘몰아쳤다. 갑자기 사람을 날려 버릴 것 같은 광풍이 일자 흑영신교 일당들이 당황했다.

"뭐지?"

"저 계집이 뭔가 하려고 하는군. 막아."

혈검쌍객이 광풍을 뚫고 뛰어들었다. 하지만 그보다 서하령의 등 뒤에서 섬광이 뿜어져 나오는 게 더 빨랐다.

화아아아아아악!

불꽃처럼 이글거리는 섬광이 바람의 결을 따라서 휘몰아쳤다. 그리고 급속도로 한 지점에 집결하더니 이윽고 거대한 날개의 형상을 취하고 서하령을 감쌌다.

라아아아아아……!

서하령의 입에서 고음의 노래가 울려 퍼졌다. 가성으로 내는 듯한 음이었지만 거기에 실린 힘이 다르다. 마치 수십 명이 약간씩 높낮이를 달리해서 같은 음을 내는 것처럼, 소리가 시간 차를 두고 겹겹이 쌓이면서 파도처럼 몰아쳤다.

"이건 뭐야?"

혈검쌍객이 당황했다.

노도처럼 몰아치는 소리는 넋을 잃을 정도로 아름다웠다. 동시에 무시무시한 압력으로 그들을 밀어내고 있었다. 몸이 격하게 진동하면서 전신에 충만했던 기운이 흩어진다!

"음공(音功)인가? 하지만 어린 계집의 내공으로 이런 압력을 만들 수 있… 으윽!"

혈검쌍객도 이 소리의 파도를 견뎌내기가 벅차다. 그들은 전력으로 내력을 끌어 올려서 스스로를 지켰다.

하지만 다른 교도는 그렇게 하지 못했다.

"크윽, 으으으… 아아아아아!"

4심의 내공을 이룬 그였지만 이 소리의 힘이 너무 강하다. 밀도 높게 집중되어 흐르던 내력이 흩어지면서 육체의 진동이 점점 심해졌다. 격통이 몰려오면서 아무것도 생각할 수 없게 된다.

라아아아아아아…….

시간이 지나자 조금씩 소리가 잦아들었다. 혈검쌍객이 조금씩 기운을 안정시키고, 정신없이 흔들리던 교도가 주저앉는다.

그 앞에서 서하령이 한 걸음 앞으로 나왔다.

"아, 하마터면 선조님 깨울 뻔했네."

그녀는 의미를 알 수 없는 말을 중얼거리면서 안도의 한숨을 내쉬었다.

그 목소리가 마치 노래하는 듯 아름다워서 혈검쌍객은 소름이 끼쳤다.

분명 아름다운 목소리다. 그러나 동시에 섬뜩할 정도로 이질적으로 비인간적인 목소리이기도 했다.

인간은 저런 목소리를 낼 수 없다.

불꽃처럼 타오르는 빛의 날개를 펼친 서하령은 피부는 새하얗게 물들고 눈에서는 광채를 발했다. 그리고 머리에는 사슴의 뿔을 닮은 빛나는 두 개의 뿔이 나 있었다.

마곡정이 물었다.

"누나, 괜찮은 거야?"

"그럭저럭? 하지만 선조님을 깨울 뻔해서 기겁해서 나오는 바람에 오래 가진 못할 것 같아. 길어봤자 서른 호흡."

"그 짧은 시간으로 뭘 해보겠다는 거지? 꽤 대단한 영수의 피를 이었나 보다만 그 정도로는……."

혈검쌍객이 웃었다. 그런데 갑자기 서하령의 모습이 사라졌다.

"아니!?"

"아, 이런. 지나쳤네. 너무 빨라져서 잘 안 보여."

경악하는 그들의 뒤쪽에서 서하령이 투덜거렸다. 일순간에 이십 장을 넘게 이동했는데 그 속도가 너무 빨라서 혈검쌍

객에게도 제대로 보이지 않았다. 뒤늦게 빛의 잔상이 그녀가
이동한 궤적을 따라서 흩어지는 것처럼 보일 뿐이다.

서하령이 고개를 갸웃했다. 그리고 다음 순간 혈검쌍객 앞
에 나타났다.

"그리고 좀 전의 대답은, 이런 거 하려고요."

"뭐?"

펑!

폭음이 울리며 혈검쌍객 중 하나가 날아가 버렸다.

당황한 다른 혈검쌍객이 그녀에게 검을 내지른다. 하지만
그녀는 피하지도 않는다. 불타는 빛의 날개가 그 앞을 가로막
았다.

"…이런!"

혈검쌍객이 경악했다. 무쇠조차 두부처럼 가르는 그의 검
격이 손쉽게 가로막혀 버렸다. 그리고 공격이 이어졌다.

쾅!

"크어……!"

피를 토하는 그의 앞에서 서하령이 빛의 날개를 펼쳤다. 그
러자 거기에 검을 대고 있던 혈검쌍객의 몸이 허공으로 떠올
랐다.

거기에다 대고 서하령이 일장을 날렸다. 섬광이 뻗어 나가
서 혈검쌍객을 스친다.

"빗나갔네."

서하령이 눈살을 찌푸렸다.

혈검쌍객이 허공에서 자세를 바로잡고 착지했다. 그가 입가에서 피를 흘리며 으르렁거렸다.

"감히 우리를 갖고 노는 거냐?"

그 뒤쪽에서 최초의 일격으로 날아갔던 또 한 명의 혈검쌍객이 걸어온다. 그 역시 타격을 입긴 했지만 서하령의 공격을 방어했던 것이다.

그런 그들을 보면서 서하령이 눈살을 찌푸렸다.

'미쳐 날뛰는 힘… 이라는 말이 딱 어울려, 이것.'

깨어난 영수의 힘이 너무 강하다. 너무 빠르고 강해서 그녀의 감각을 앞서가고 있었다.

성운의 기재인 그녀에게는 생소한 감각이었다. 육체도, 기도 언제나 자신이 뜻하는 대로 정밀하게 움직여 주는 게 당연했으니까.

'욕심을 내다가는 내가 날아가겠는걸.'

하지만 어쩔 수 없다. 영수의 힘으로 인해서 날뛰는 것은 육체와 기만이 아니라 감각도 마찬가지였다. 잠깐 넋을 놓으면 감각이 점입가경으로 가속해서 현실의 시간 축과 완전히 어긋나고 머리가 부서져 버릴 것 같은 막대한 양의 정보가 쏟아져 들어온다.

즉 서하령은 갑자기 성능이 수십 배로 폭증해서 제멋대로 날뛰는 육체, 기, 그리고 감각을 모두 제어해서 일치시키는 작업을 진행 중이다. 자칫 잘못했다가는 반동으로 자기가 날아가 버리리라.

'앞으로 열일곱 호흡.'

잠깐 딴생각을 했더니 감각이 폭주하면서 시간 축이 어긋났다. 그사이에 혈검쌍객이 달려들기 시작하고 있었다.

실제로는 눈 깜짝할 새에 거리를 좁혀오는 질풍 같은 돌진이리라. 하지만 서하령의 폭주한 감각에는 시간을 수십 배 잡아 늘린 것처럼 느려 보인다.

서하령은 계속 시행착오를 반복했다.

정확하게 치려고 하니 너무 살살 쳐서 혈검쌍객이 별 타격을 입지 않고, 좀 세게 치려고 하니 빗나가 버린다.

'앞으로 여섯 호흡.'

그러다 보니 남은 시간이 얼마 없어졌다. 이젠 서하령도 다급해졌다.

그런 그녀에게 혈검쌍객이 결사의 각오로 달려들었다. 마공을 극한까지 끌어 올린 그들은 눈에서 핏빛 안광을 뿜어내면서 마귀 같은 형상을 취하고 있었다.

"여기서 죽어라, 계집!"

"아, 이 정도면 되겠어."

그 앞에서 서하령이 태평하게 중얼거렸다. 그리고…….

콰아아아아아!

시야를 가득 메우는 섬광이 뻗어 나갔다. 그 속에서 혈검쌍객은 한순간에 불타 소멸해 버리고 말았다.

7

형운은 숨을 몰아쉬고 있었다.

"헉, 허억……."

"후욱, 후우……."

그 앞에서 이군혁 역시 거친 숨을 내쉰다.

내공의 화후 면에서는 이군혁이 훨씬 앞선다. 이군혁의 내공 수위는 4심을 넘어 5심을 엿보는 경지다. 이제 3심에 불과한 형운과는 비교도 되지 않는다.

게다가 마공은 같은 내공 수위라도 한 번에 발할 수 있는 힘이 더 크다. 그만큼 힘의 소모량도 크기는 하지만 공세의 무서움은 같은 내공의 정공과 비교할 수 없을 정도다.

하지만 처음에 형운이 그에게 입힌 타격이 너무 컸다. 그리고 그보다 영리하게 싸움을 이끌어 나가고 있었다.

이군혁이 신경질을 냈다.

'이놈은 버러지 주제에 방어가 뭐 이렇게 단단해?'

아무리 공격을 퍼부어도 형운의 방어가 깨지지 않는다.

형운은 계속 그를 도발하면서 끊임없는 공격을 유도하고 있었다. 그에 비해 자신은 철저하게 움직임을 줄이고 감극도로 방어에 전념하니 이군혁의 체력 소모가 클 수밖에 없었다.

물론 형운도 여유 있는 처지는 아니다. 이군혁의 공격을 받아내는 것도 정신력을 한계까지 혹사시키는 일이었으니까.

'딱 일각(15분)이 지났군.'

형운은 이군혁이 달려든 순간부터 지금까지 정확히 시간이 얼마나 지났는지 알고 있었다.

딱히 신경 써서 셀 것도 없다. 형운의 내면에는 한 치의 오차도 없는 절대시계가 있어서 알고자 하는 순간 자연스럽게 떠오른다.

이 역시 감극도의 묘용이었다. 육체의 상태와 상관없이 결코 흐트러지지 않는 절대적인 기준.

이전에 귀혁이 물었던 적이 있었다.

"형운아, 너는 스스로 정신력이 강인하다고 믿느냐?"

형운은 아니라고 대답했다. 이런 질문을 받았을 때 '제가 의지력 하나는 진짜 끝내줘요'라고 말할 수 있는 뻔뻔한 사람이 세상에 얼마나 있을까?

귀혁은 웃었다.

"그렇다면 대비해라. 우리는 이성으로, 사람이 할 수 있는 일을
다하는 자들이다. 싸움에 있어서 정신력은 반드시 필요하지만, 최
선을 다해도 필요한 기준에 미치지 못한다면 거기에 대한 대비를
해야 하느니."

감극도는 그런 철학으로 무장하고 있었다.

측정 불가능한 정신력으로 어떻게든 될 거라고 믿는 것보
다는, 그것으로 사태가 해결 안 될 때를 상정하고 대비한다.
그것이 바로 사람이 할 일을 다하는 자세다.

형운에게는 일종의 절대감각이 있었다.

심장이 빠르게 뛰든 느리게 뛰든, 정신이 압박을 느끼든 편
안하든 상관없이 정밀하게 시간의 흐름을 파악한다. 이것이
기본이다.

형운은 자신의 감각을 수치화해서 인식할 수 있었다.

그렇다고 감각으로 받아들이는 자극 자체를 인지 못하는
것은 아니다. 주관적으로 느끼는 것과는 별개로 무의식중에
수치화 작업을 병행하고 있다가 필요한 때 의식의 표면으로
끌어 올려 알 수 있는 것이다.

철저하게 스스로를 객관화함으로써 활로를 찾는다.

"하지만 그 객관화된 정보를 해석하고 행동을 정하는 것은 자신이지. 사람의 진가는 시련 앞에서 드러나게 마련이다. 형운아, 의지와 상관없이 할 수 있는 모든 것에 대비하더라도… 결국 네 의지만이 너를 앞으로 나아가게 할 것이다."

머리는 차갑게, 가슴은 뜨겁게.

귀혁은 그 단순한 말이 진리라고 여겼다. 형운은 지금 이 순간 거기에 공감했다.

'무섭다.'

살면서 많이 고통받았다.

춥고, 배고프고, 아프고, 다른 이들이 언제라도 자신을 핍박하는 공포와 울분에 파묻혀서 살아왔다.

하지만 그중에 자신을 진심으로 죽이고자 하는 이는 없었다. 아랫사람을 벌레처럼 본다고 하더라도 사람은 벌레가 아니니 그 목숨을 끊어버리는 데는 큰 부담을 느끼게 마련이다.

형운은 처음으로 사투에 임하고 있었다.

"끈질긴 놈! 이제 좀 죽어!"

이군혁의 공격이 질풍처럼 날아들었다. 그의 공격은 하나하나가 강맹하여 한 대라도 맞았다가는 머리통이 날아가 버릴 공포가 몰려온다.

그래도 하나도 남김없이 막아낸다. 무서우니까, 한 대라도 맞았다가는 죽어버릴 것 같은 위기감에 더욱 철저하게 방어했다.

하지만 그것만은 아니다.

'질 수 없어.'

사람을 쓰레기 취급하는 이런 미친놈한테 지고 싶지 않다.

형운에게 패배는 일상이었다. 언제 누구와 만나도 고개를 조아리고 살았다. 속으로 화가 나고 상처받아서 눈물을 흘렸을지언정, 언제나 사람들 앞에서 비굴하게 웃어야만 했다.

이제는 그러고 싶지 않다.

자신을 죽이려는 자에게 굴하고 싶지 않았다!

펑!

이군혁이 형운의 반격을 맞고 날아간다. 큰 동작으로 허점이 드러나자마자 먹인 일격이었지만 형운은 혀를 찼다.

역시 만만치 않다. 순수하게 육체 능력으로만 따지면 형운이 위다. 하지만 이군혁은 막대한 내공과 마공의 힘으로 그 차이를 역전시켰다.

이군혁의 공격은 빠르고 강맹하며, 그 육체는 강철처럼 단단하다. 그렇기에 마지막에 몸을 틀어서 공격을 비껴내는 것만으로도 타격의 대부분을 상쇄했다.

"간지럽지도 않다! 이 정도로는 어림도 없어!"

"죽도록 아플 때까지 때려주지. 너야말로 좀 잘해보시지. 지금 나한테 스치지도 못하고 맞기만 한 건 알고 있냐?"

형운이 필사적으로 오만함을 연기하면서 도발하자 이군혁이 이를 갈았다.

확실히 감극도의 방어는 철벽이라 단 한 대도 유효타를 먹이지 못했다. 방어 위로도 타격이 쌓였기에 형운도 지쳐 있었지만 그걸 자랑거리로 삼았다가는 자존심이고 뭐고 없는 놈이 될 것이다.

이군혁이 붉은 기운이 응집된 손을 들어 올렸다.

"그렇다면 그 잘난 방어째로 부숴 버리겠……."

그의 말은 끝까지 이어지지 못했다.

라아아아아아!

별로 멀지 않은 곳에서 서하령이 영수의 피를 일깨우면서 막대한 압력이 실린 노래를 쏟아냈기 때문이다.

"으윽……!"

"큭……!"

형운과 이군혁 둘 다 그 소리에 휘말렸다.

서하령이 소리의 영향이 마곡정과 가려, 예은에게는 안 미치도록 조절하기는 했지만 그게 한계였다. 좀 멀리 떨어진 형운까지는 배려하지 못한 것이다.

이군혁이 급히 내력을 끌어 올려 스스로를 지켰다. 그러나 형운의 대응은 좀 달랐다.

'음공이라니, 서하령 쟤는 이런 것도 쓸 수 있나?'

귀혁은 형운에게 이미 음공에 대비하는 훈련을 시켰다.

음공을 사용하는 자는 희귀하다. 그저 내력을 실어서 포효하는 정도라면 모를까, 소리를 매개로 하여 자유자재로 원하는 효과를 거두는 음공은 특수한 재능을 요구하는 데다가 터득하기도 굉장히 까다롭다.

그렇기에 대다수의 무인은 음공에 대해 잘 모르고, 거기에 대응하는 방법도 모른다. 하지만 귀혁은 달랐다.

"흠······!'

형운의 내면에 있는 절대감각이 그 진가를 발휘하는 순간이었다.

눈을 감은 형운이 쏟아지는 노랫소리의 음역과 그 속에 실린 힘의 파장을 읽어냈다. 동시에 호흡을 변화시키면서 그에 동조한다.

"소리는 피할 수 없다. 가장 쉬운 것은 내력을 끌어 올려 힘으로 맞서는 것이다. 하지만 가진 힘으로 맞서서 안 되는 수준이라면?'

형운은 몰랐지만 저쪽에서 흑영신교도가 그 좋은 예시가

되어서 쓰러지고 있었다.

쏟아지는 소리 속에서 형운이 걷기 시작했다.

그것을 본 이군혁의 눈이 크게 떠졌다.

'어떻게 이 속에서?'

그렇게 묻는 것 같았다. 처음부터 이 소리를 발하는 자가 표적에서 제외했다면 모를까, 아무리 봐도 그렇지 않았다.

형운은 소리의 폭풍 속에서 서서히 걸었다. 약간 빠른 호흡으로 내력의 흐름을 소리에 실린 힘의 파장과 동조시키면서 그 위력 대부분을 흘려 버린다.

그런데도 완전히 상쇄할 수는 없었다. 움직이는 것조차 힘들고 몸이 덜덜 떨린다.

'약해진다.'

형운이 이군혁에게 다가가는 동안 소리가 잦아들었다. 그 기세의 변화에 맞추어서 몸을 지키는 힘을 줄였다.

한 박자 늦게 이군혁이 움직였다.

"이 자식!"

다시금 오른손에 혈광을 모아서 뻗어낸다. 기를 모으고, 중폭해서 공격하기까지의 시간이 놀랍도록 빨랐다. 안정성이 떨어지는 대신 위력과 기세가 빠른 마공이기에 가능했으리라.

하지만 그래 봤자 완전히 흐트러졌던 힘을 그러모은 것에 불과했다. 소리에 동조해서 내력을 정상 상태로 되돌리고 있던 형운에게는 어림도 없었다.

투학!

반보 내딛으면서 그 공격을 피한 형운이 팔 안쪽을 관수로 쳐버렸다. 기분 나쁜 소리가 울려 퍼지면서 이군혁의 팔이 부러졌다.

"크악!"

이군혁이 비명을 질렀다. 하지만 형운은 조금도 멈칫하지 않았다. 이미 일격을 가한 순간, 무심반사경으로 필살의 일격이 장전되어 있다가 일체의 잡념이 섞이지 않은 극한의 움직임으로 뻗어 나간다!

쾅!

이군혁의 몸이 실 끊어진 연처럼 날아가서 처박혔다.

'이겼다.'

손끝에 느낌이 왔다. 인간의 육체를 파괴하는 감각에 형운은 전율했다.

이번에야말로 이군혁은 일어나지 못했다. 땅에 엎어진 채 움찔거리는 그를 보면서 굳어 있던 형운의 귓가에 폭음이 들려왔다.

콰아아아아!

깜짝 놀라서 그쪽을 바라본 형운의 눈을 섬광이 덮쳤다. 화산처럼 분출된 섬광이 적을 불태워 버리고, 이윽고 날개의 형상으로 흩어지면서 그 속에서 서하령이 모습을 드러냈다.

두 사람의 시선이 마주쳤다.

'와……'

형운은 영수의 피를 깨운 그녀를 넋을 잃고 바라보았다. 비인간적인 부분이 두드러지는 그 모습은 이질적이다. 하지만 나른한 눈으로 미소 짓는 모습이 가슴을 두근거리게 한다.

서하령을 감싸던 빛의 날개가 서서히 스러지면서 그녀의 용모가 인간의 것으로 돌아왔다. 동시에 그녀의 얼굴에 극도로 피로한 기색이 떠올랐다.

마곡정에게 부축을 받은 그녀가 투덜거렸다.

"아아, 역시 다시는 하고 싶지 않아."

"그래? 하지만 멋졌어."

형운이 미소 지으며 솔직한 감상을 던졌다.

그때였다.

"발칙한 것들이군."

천둥소리 같은 목소리가 울려 퍼졌다. 멀리서 들려온 목소리인데도 기혈이 요동친다.

'엄청난 내공이다!'

그리고 하늘에서 한 사람의 어둠으로 몸을 두른 채로 떨어져 내렸다.

쏴과광!

마치 검은 벼락이 치는 것 같았다.

그가 떨어져 내린 것만으로도 지축이 뒤흔들렸다. 그리고 강맹한 기파가 퍼져 나가서 주변에 있던 자들을 압도했다.

동시에 주변 공간이 뒤흔들리더니 산산이 깨져 나갔다.

'기환진이 부서진다.'

이곳을 외부와 차단하고 있던 기환진이 산산이 흩어지고 있었다. 풍경이 일순간 깨져 나가는 것처럼 보였지만 그 너머도 다른 것이 없다.

그리고 그 파괴의 중심에 한 남자가 서 있었다.

"한심한 일이로고. 위대하신 흑영을 뵐 낯이 없군."

부리부리한 눈매를 가진 그의 주변에 어둠을 뭉쳐 만든 구름 같은 힘이 휘돌고 있었다. 그를 보는 형운의 몸이 자기도 모르게 덜덜 떨렸다.

'엄청난 힘이다.'

그야말로 격이 다른 내공의 소유자였다. 자연스럽게 발하는 기파를 대하는 것만으로도 짓눌려서 죽어버릴 것 같은 공포가 일었다.

안색이 창백해진 서하령이 중얼거렸다.

"설마… 흑영신교의 팔대호법?"

"그렇다. 어린 계집아. 이 몸이 바로 위대한 흑영을 모시는 여덟 호법 중에 한 명, 암운령이니라."

　형운에게 쓰러진 이군혁의 사부, 암운령이 직접 모습을 드러낸 것이다.

　　　　　　　『성운을 먹는 자』 3권에 계속…

현대 소환술사

THE MODERN SUMMONER

FUSION FANTASTIC STORY

현윤 퓨전 판타지 소설

하늘이 무너져도 솟아날 구멍은 있다!

드래곤의 실험으로 모진 고난을 겪어야 했던 레비로스!
우여곡절 끝에 소환술사가 되어 최강의 자리에 오르지만
운명은 그를 나락으로 떨어뜨린다.

『현대 소환술사』

다시 한 번 주어진 삶!
그러나 그마저도 암울하기 그지없는데⋯⋯.

소환술사 레비로스의
인생 역전이 시작된다!

Book Publishing CHUNGEORAM

박선우 장편 소설
FUSION FANTASTIC STORY

PERFECT GAME 퍼펙트 게임

고통과 좌절의 시간들을 뛰어넘어
불사조처럼 일어나 세계를 제패한 사나이의 일대기.

대한민국을 넘어 메이저리그를 평정하며
명예의 전당에 헌정된 언터처블 투수, 이강찬.

강철 같은 어깨에서 뿜어져 나오는 그의 패스트볼은
무적이었으며 야구계에 길이 남을 **신화**였다.

야구만을 사랑했던 고독한 사나이.
그의 퍼펙트게임이 이제 시작된다!

Book Publishing CHUNGEORAM

유행이 아닌 자유추구 -
WWW.chungeoram.com

가프 장편 소설

관상왕의 1번룸

FUSION FANTASTIC STORY

거대한 도시의 그늘에서 벌어지는
짜릿하고 통쾌한 이야기!

『관상왕의 1번룸』

텐프로의 진상 처리 담당, 홍 부장.
절망적인 삶의 끝에서 만난 남국의 바다는
그를 새로운 인생으로 인도하는데……

쾌락을 원하는 거부, 성공에 목마른 사업가,
그리고 실패로 절망한 사람들이여.

여기, 관상왕의 1번룸으로 오라!

Book Publishing CHUNGEORAM

유행이 아닌 자유추구 -
WWW.chungeoram.com

독고진 장편 소설

FUSION FANTASTIC STORY

100마일
100MILE

160.9344km.
투수라면 누구나 던지고 싶은 공.

『100마일』

"넌 야구가 왜 좋아?"

야구가 왜 좋냐고?
나에게 있어 야구는 그냥 나 자신이었다.

가혹할 정도의 연습도,
빛나는 청춘도 바쳤다.
그리고 소년은 마운드에 섰다.

이건 역사상 최고의 투수를 꿈꾸는
어떤 남자의 이야기이다.

Book Publishing CHUNGEORAM

유행이 아닌 자유추구 -
WWW.chungeoram.com